周原三女

张天福◎著

天津出版传媒集团
天津人民出版社

图书在版编目（CIP）数据

周原三女 / 张天福著．— 天津 ：天津人民出版社，2020.5

ISBN 978-7-201-15967-6

Ⅰ．①周… Ⅱ．①张… Ⅲ．①长篇小说—中国—当代 Ⅳ．①I247.5

中国版本图书馆 CIP 数据核字 (2020) 第 071120 号

周原三女

ZHOUYUAN SAN NU

张天福 著

出　　版　天津人民出版社
出 版 人　刘 庆
地　　址　天津市和平区西康路 35 号康岳大厦
邮政编码　300051
邮购电话　（022）23332469
网　　址　http://www.tjrmcbs.com
电子信箱　reader@tjrmcbs.com

责任编辑　谢仁林
装帧设计　凤凰树文化

制版印刷　天津雅泽印刷有限公司
经　　销　新华书店
开　　本　710 毫米 ×1000 毫米　1/16
印　　张　12.75
字　　数　148 千字
版次印次　2020 年 5 月第 1 版　2020 年 5 月第 1 次印刷
定　　价　48.00 元

目 录

CONTENTS

一、金山村东女儿泉　饮用生女不生男 / 001

二、美女事件噩耗传　全村禁饮女儿泉 / 007

三、三个女人把浴洗　耿秋金秀呛了水 / 014

四、耿秋呛水怀双胎　刘珍劝解才想开 / 019

五、满月村人来贺喜　刘珍云凤定儿媳 / 024

六、十六年岁全跑净　美女心中生爱情 / 031

七、金菊虎娃述旧情　男女恩爱是天生 / 039

八、改革开放暖人心　金菊银菊听爹训 / 049

九、银菊金刚述恋情　银菊洗浴遭狐惊 / 054

十、王贵夜偷金菊门　金旦适时救险情 / 061

十一、银菊处女怀了孕　难倒父母和医生 / 064

十二、金旦爹妈遭厄运　金菊银菊双结婚 / 067

十三、王贵建成歌舞厅　村人骂街都议论　/ 072
十四、五保爷服毒自杀　全村人流泪送他　/ 074
十五、舞厅讨债找王贵　误入圈套遭冤枉　/ 080
十六、王贵设下亡羊计　最后套的是自己　/ 085
十七、父子二人拉石料　舍己救人风格高　/ 091
十八、两人挣钱为退婚　金田致残瞒玉英　/ 094
十九、金旦猎狐误伤人　翠翠说情了事情　/ 101
二十、金正放铳遇玉英　玉英见信逃了婚　/ 104
二十一、银菊婚后生金羊　麻雀弹谷无良方　/ 113
二十二、金旦斗狐被炸伤　狐狸也没好下场　/ 119
二十三、草人神奇把谷看　麻雀侦破壮了胆　/ 123
二十四、金旦翠翠度欢情　枪管炸死金旦命　/ 129
二十五、银菊看谷地头坐　王强淫心惹大祸　/ 135
二十六、虎娃部队立大功　复员离城回农村　/ 142
二十七、金菊挑水遇蛇惊　虎娃救人显感情　/ 146
二十八、玉英逃婚西安行　两次换车迷惑人　/ 153
二十九、虎娃金菊结了婚　婚后互爱感情深　/ 158
三十、铳王醒后被请回　没了新娘照待客　/ 165
三十一、省长亲自查案情　王强被判八年刑　/ 168
三十二、王贵赌博赢了钱　狼狗咬断生命线　/ 175
三十三、玉英金田哭伤情　俩人誓死不分心　/ 181

三十四、银菊县城去报到　大家望着老耿笑　/ 184
三十五、厂长仁义帮金田　权权淹死美女泉　/ 189
三十六、三个女人一台戏　节节段段都有趣　/ 192

一、金山村东女儿泉　饮用生女不生男

金山村像一颗巨大的铆钉，将乔山永久地铆在了自己的身后，使高大的乔山怎么挣扎也无法逃走，只得乖乖地站在金山村的身后，为金山村人遮风挡寒、蓄水养田。金山村人也像古人说的靠山吃山，靠水吃水，乔山也像其他山脉一样，树木满山，花草繁茂，后山绿水长流。金山村人从东汉迁居此地以后，除了种田收粮来养家糊口，农闲时间，也就依山吃山从不休闲。依靠山上的青草满坡，狐、狼、豹经常出没，各种奇石满山睡卧，村上人也就各选其好，各得收获，养牛的，放羊的，挖药的，采石的，也有持枪打猎的。自从祖先落脚此地后，就靠这些门路来养育着人口平平淡淡地繁息。人们的生活并不富裕，其主要原因是缺水造成的饮水困难，这里自古就打不出井水来。族谱里记载着祖先们多次打井寻水，可汗水和功夫换来的总是竹篮打水一场空。人们的生活用水只能靠打窖蓄水和去半山的柳泉背水，天下雨时就用雨水蓄窖水，天旱窖水用完时就去柳泉背水。背水耗费了金山村人黄金一样的时间，特别是在秋夏收种时间，人们忙得喊爹叫娘，腿肿眼胀，为了把辛苦了半年的地里熟透了的庄稼抢收回来，窖里没水的人半夜爬起来，举架着疼痛的身子骨，还得去山上背水。崎岖的山路和石阶踩踏出止不断的怨声：“老祖先瞎了眼，为啥要落脚在这鬼地方。”

“这该死的地方，不知夺走了多少人的生命，据族谱记载，村上为背水而滚落山沟摔死过不少人，特别是大肚子婆娘，背上的水压掉了肚子里的娃，引起了大出血，把命丢在半山上，也真够可怜的。”

“老天爷有意和咱作难，放着那么清净的泉水不敢喝，不敢做饭，偏要叫咱去山上背水，这是故意的伤人呢，还嫌咱在田地里当牛做马似的把血汗没流完，再打提起熬半夜地爬坡翻山来流汗。”

金山村东边的美水沟里，确实有一眼泉水，水清如镜，月映泉中，这么美好的泉水犹如一位貌似天仙的美女，可是却没人敢碰，因为这泉中隐藏着曾经的稀奇古怪的故事传说。

据村上的老年人说，这潭水的出现与唐朝的皇帝李世民去村南古刹——法门寺求佛一事有关。说是李世民出生在武功县渭河北岸北立节村南的慈恩寺里，幼年经常有病，恩父李渊时任岐州刺史，为李世民来法门寺求佛保佑，蒙佛恩力，其患得愈。李渊为法门寺敬造石碑像一通，立于寺中，从此，李世民全家大小福德俱足，永无灾障。李世民身体日渐强壮魁伟，这使他的思想中装满了崇佛意念，每遇战事，他都要拜佛求胜。

武德元年，也就是唐朝建立的第一年，李世民征战西秦霸王薛举得胜，前去法门寺谢佛。拜佛一毕，勒马回营时，他骑的枣红马不遂人愿，直向乔山飞奔，李世民使尽全身的招数，也无能为力，只能随着马意。只见枣红马疯了似的，向着金山村东的美水沟直入，来到沟深崖高之处的一方圆形场地，只见马头高仰，前蹄腾空，啸声如雷，霎时沟内风云四起，飞沙走石，昏暗如夜。待马蹄落地时，风停云散，天蓝地绿，场地中间曝出一眼泉水，水质清澈甘甜，水温正好适宜洗浴。

温泉的出现，使全村人欢天喜地，外村人羡慕惊奇。族长发话，户户出钱，大戏唱了三天四夜。四邻八社的男女老少观者如潮，族长设酒摆宴，请来邻村的族长和能人志士，族长首先讲述了本村放牛放羊的人观看到唐王飞马入沟后神泉显身的经过，让大家给这神泉起名。经过一番争论，多数人主张泉名定为唐王泉，可金山村的族长觉得不妥，他认为如果泉名定为唐王泉，那我们怎敢将泉水喝进肚子变粪水，这不是自找杀头罪呀！大家认为此话说得有理，最后，泉名定为“马刨泉”，至今，此泉仍在，只是没了神奇的功能。

神奇而可口的泉水，解决了金山村人吃水的困难，全村人皆取泉水饮用，半年后，男女老少个个变得身强力壮，精神抖擞，百病无存。夫妻感情夜夜变浓，以极度烘托得感情兑现，去享受着无限的幸福温暖。这消息传到百里以外的村庄，都想把女儿嫁到金山村。金山村的青年成了“吕布戏貂蝉”，百里选美女。外村人也蜂拥而来马刨泉取水饮用，图的是体壮无病。马刨泉成了人潮涌动的圣地。也有人用此水喂猪羊、饮牛马，猪羊果然生长见快，牛马耕田有力。再后来，有人夜晚偷下泉中洗身，顿感身爽体佳，特别是有病痛之人，洗后无病一身轻。此话传开，夜晚偷浴之人渐多，族长知道此事之后，便在马刨泉下游用石条另砌一泉，引上泉之水蓄存下泉，上泉饮用，下泉洗身，并做了严格规定：白天男人洗，夜晚女人浴，谁若犯了禁令，族长棍责四十，绝不轻饶。人们也都遵规守纪，不敢乱来。

可谁料到，一年后，村上出现了一件惊天动地的奇事，这事不光限于金山村，还涉及周围许多村，问题的严重性令人咋舌：凡是长期饮用马刨泉水的女人们，生下的孩子全是女娃，没有一个男娃。猪下的猪娃，牛下的牛犊，羊下的羊羔，马下的马驹，没一个长把把的，全都是母的。全村人大惊失色，目瞪口呆，都像霜杀了的茄子，少了成色，人们都在猜测，是啥事上惹怒了哪路神仙，要叫金山村人断了生息。村上人到处求神问卜，人人处于对这一个问题的恐慌之中，这个问题的最大重点是假如婆娘永不生男，只生女娃，女娃总要嫁人，这岂不断了祖先的续根，使金山村走向灭亡。

最终，邻村的一位秀才的言论，使金山村收了慌乱的心情，有了等待美好希望的到来。这位秀才言道：这马刨泉水中，可能含有一种生女不生男的物质，造成了今日的情况，虽说这现象不好，正互补了你们村过去吃山上柳泉水而形成的男娃多女娃少的局面，如果你们停饮一年马刨泉的水，这种被扰乱的生育状态，或许有所改变。你们试试看。

这秀才的提示，使村上人也从苦梦中惊醒，问题多半出在马刨泉水中。族长立即下令，禁止饮用马刨泉水一年，以观效应，洗浴仍依旧规。

一年后，人畜果然生育正常，男女各半，全村皆喜。只是没了以前男多女少的情况，这是因为马刨泉水中的生女物质仍在体内少量残存的因素造成的。老族长为了警示人们不再饮用马刨泉水，将“马刨泉”改名“女儿泉”。

此后的十年间，谁也不敢饮用此泉水，女儿泉只作温身洗浴之乐。可十年后，人们却发现了一个惊喜而又神奇的奥秘：女儿泉水养美女，凡是那年饮用泉水生下的女娃，一个个出脱得眉目清秀，肉白胸满，身高腰细，聪慧过人，就是母痴父呆的穷家之女，也长出了大家闺秀的风范，这不是浮夸，而是名副其实。从此，人们也就习惯地叫“女儿泉”为“美女泉”。这些水灵灵的姑娘们瞅人一眼，入木三分，最能唤起青年男性那不灭的希望，直惹得外村的小伙子不服气，便又爱又恨地给金山村编出了许多的美女歌：

金山有个美女泉，
生下美女赛天仙。
秀眉神眼桃花脸，
惹得小伙发瓷眼。
美姐秀妹你别显，
官位人家要纳偏，
少女迫嫁爷老汉，
到时全家泪涟涟。
……

美女泉水养美女，金山村人公认不讳，谁家的女人生够了男娃想生个秀女，就去喝美女泉的水，生个惹人喜爱的俊女，因此，金山村里美女多也便成了事实。后来金山村美女多的消息越传越远，越传越神，就少不了大小官员来村上给朝廷选美人，州官县令也来村上选妻纳妾，这便给金山村带来了不少闪耀着喜悦与荣耀的金银珠宝。金山村里出美女，是历史上就有据可查的事。

据族谱记载，唐玄宗的贵妃杨玉环幼年，由于父母双亡，就和叔父杨珣居住在村后山贵妃梁上的杨家坪，那里有贵妃小时观日落的瞭望台，有常玩耍而歇脚的贵妃石，有居住过的窑洞。她生于公元 719 年，她以天生的美貌十七岁被选入宫，做唐玄宗儿子李瑁的夫人，后被唐玄宗李隆基看中，夺儿媳立为自己的贵妃。这种婚姻乱象怪谁呢？！只怪天生美貌太过人，就像大唐诗人白居易描写她貌美的诗句：天生丽质难自弃，一朝选在君王侧。回眸一笑百媚生，六宫粉黛无颜色。

当地人形容她的白皙、丰满、蛾眉杏眼的美貌时，仍用古典小说中的句子：有闭月羞花之貌、沉鱼落雁之容。并说在她出生后，当地的桃李三年未开花。

也难怪金山村人把杨贵妃写进族谱里，因为这里关于杨贵妃留下的遗迹烙印太多了。杨贵妃被唐玄宗宠爱的十年间，为什么不去麟游九成宫避暑，偏要来这里打猎、游玩、骑马、避暑，无非是水土还是故乡亲的缘故。在杨家坪南，有当年保护唐玄宗和杨贵妃安全避暑的五虎上将居住的五虎岭，有杨贵妃骑马游玩的走马岭，有生活水源的碗儿泉，这一切的一切，都无声地证实了这里才是杨玉环的故里。

杨玉环的叔父杨珣死后，就埋葬在金山村西的安平山南，直到唐玄宗封杨玉环为贵妃时，追封杨珣为兵部尚书，并在今召公镇至法门寺古时的官道上立了高大的道碑，由唐明皇亲书碑文，这尊由皇帝用来佐证杨玉环就是金山村北人的大石碑，谁敢说不是？这时的金山村威震九州，名扬四海，金山村人骄傲的资本就在于此，古有杨贵妃，今有美女群。金山村成了远近闻名的美女村。

二、美女事件噩耗传　全村禁饮女儿泉

自从杨玉环被选入朝后，她的美貌闹得朝廷也十五个狗娃拉车车——乱了绳索。不知道谁是谁了。朝事荒乱无人管，人人都争美容颜。安禄山也想杨玉环，带领兵将夺长安。唐玄宗一时慌了乱，带上玉环逃四川，兵到马嵬都不前，要杀玉环平祸端，玉环献身绵自残，唐朝江山才保全。

由于杨玉环的美貌效应，再加上女儿泉那年出生的众多美女，除了官方选美纳妾之外，有钱人都来金山村周围买女人。那时的封建婚姻制度，父母把女儿当商品卖。金银堆满屋的人，大房小妾买几个。女人头顶盖头被拉走，到了晚上揭了盖头，才能看见男人是光脸还是麻子，是小伙还是老汉……就是盲人、拐子，你今生只能嫁给他。人家是用银子买的，就是男人死了，你也不能改嫁，只能活守寡。

金山村美女最出名的时候，是在出了几桩美女大案以后，才达到了四海皆知、九州盛名的程度。

传说当时的韦川城里有一家名扬州县的富户，这户人家的老太爷以三百两白银买了金山村最有名的美女金香，婚后夜夜作乐，

再也不去原配夫人的房子。五个月，老太爷骨瘦如柴，失了人形，整天躺卧在美女的房中，从大烟土中吸取精神。原配夫人心痛丈夫，想劝说丈夫，但丈夫不出美人房门，也不许美女下厨干活。家庭事务全乱了套，中街的药铺没人管，东街的当铺没人问，全凭伙计胡乱整，照这样下去，要不了两年，就会树倒猢狲散，家庭全完蛋。大婆娘越想越害怕，不由得气急败坏，恼羞成怒。她疯了似的，手提菜刀冲进美女金香房中，一菜刀就扎立在炕边的中间，直吓得小美女金香躲在炕角瑟瑟发抖，恐慌的眼神不敢转移地盯着那闪光杀人的刀片。

老太爷从烟灯旁挣扎了几下，没有挣起，用微弱的口气问道："你想干啥？"

"我想爱你。"

"用刀爱我？"老太爷不解。

"不用刀就爱不上你。"

"怎么个爱法？"老太爷心在打鼓，全身颤抖。

"我不想活了，想来想去还爱得丢不下你，就想了个好办法……"

"啥办法？"老太爷问。

"把咱三人杀了，把我俩最爱的你埋在中间，我俩埋在你的两边，手拉手地抱上你，在阴间把你一刻都不离地疼爱上几百年。你说美不美？"

男人听了这话，不知哪来的疯劲，忽地从炕上跃起，一把将菜刀拔起，紧握手中，他看着炕角浑身抖动如筛糠的小美女金香，怕吓出疯病来，就喊："别害怕，你先回娘家躲一阵儿，家丑不可外扬，给你爹娘千万别说今天这事。"

金香一眼瞅着大婆娘，换眼瞅着脚底的鞋，飞也似的跳下炕来，双手提上两只鞋，就向门外跑去。身后传来了大婆娘的骂声：“你要不管住你的嘴，小心你那肩上的头。”

金香走后，气氛有了缓和，到底是老夫老妻了。男人就问婆娘：“你今日是怎么了，疯了？像个疯狗似的。莫非想赶她走？”

“我要是真想赶她走，你当初就别想把她娶进门。”

“那你今天为啥要来这一套？”

婆娘的语气软了下来，以劝说的口气道：“当初你要买她时，我为啥不反对，我想你为咱这一个家吃苦劳心了一辈子，把一个一贫如洗的家变成拥有万贯家财，让你把她娶来，享受享受，高兴高兴，就会在满足的情绪下，更加一把劲，把家业搞好，谁料你把她娶进门后，你像孵鸡娃的老鸡一样不敢离窝，照这么下去，后果不敢想。咱的儿女在省城上学要花钱，家里的花费只增不减。五个月了，街上的当铺亏银三十两，药铺亏银二十两，家里和儿女上学支银六十多两，这样下去，要不了三年时间，咱又得回到穷光蛋的年代。穷光蛋就穷光蛋，这我不怕，只要有口饭吃，关键是你的身体让我担心，你毕竟一把年纪了，你看你现在瘦弱得成了啥了？整天问大烟土要精神，家里的啥事都不管了，药铺、当铺也不问了。再这样下去，要不了半年，就没你了，我和银子买来的美女就都变成了寡妇了，这个家也就全完了。”大婆娘的眼泪像黄豆一样向下滚落着。

男人的情绪有了稳定，他以慈祥的目光望着女人说：“你的心思能想到这些，为啥不趁早告诉我，我也不是不懂事理的人么！何必今天拿刀子说事呢？”

女人擦了眼泪，向男人跟前坐了坐，把男人的衣领给整了整，说:“你整天抱着她，我怎么有脸进房子和你说话，我是没法子了，才拿菜刀闯进来，我拿菜刀不是为吃醋。我不拿菜刀，她会跑回娘家吗？为了你，我不知哪来的这胆量，这疯劲。”

男人用无力的微笑来温慰着婆娘受伤的心灵，话语成了多余的。婆娘拉展了被子，给男人盖好后说:“从今天起，别睡梦里再娶美女了，身体要紧，身体没了，再美的美女也用不了了，安心睡觉，好好调养身体。”

……

话说那美女金香，两手提着鞋，脚步和心跳一样快地跑出了大门，在离大门二里多路的地方，才坐在路边的草地上一边穿鞋，一边喘气，惊吓和跑路直累得浑身没了力气，身子不由得躺倒在草地上，吸养着五月间青草与百花的香气，心情才稍稍稳定。她看着草地边一棵楝青树上的一对喜鹊在逗情，跳高跳低，眉来眼去，自由自在地耍趣。它们是多么幸福自由，又是多么你亲我爱，谁也管不着，谁也不吃醋。可自己呢？父母为了银钱，把十五岁的自己卖给今日六十五岁的老头儿。任人侵害蹂躏。任人吃醋恨怨，任人拿菜刀见面，这叫男婚女嫁吗？！这种没味的不是同龄人的没有共同语言的婚事，哪来的幸福好感。她想到了爱钱不爱她的父母，不由得两眼流出了泪水。她从草地上爬起，向着娘家走去。

金香刚走进村里，就看见娘坐在门前的石条上纳鞋底，娘也看到了她，娘失急地提起金莲小脚，跑来两手抱住她，娘的热泪和她的悲泪交错着砸向了黄土地。她在娘家里住了五天，爹就催她回去，爹说:“娃呀！你是嫁出去的人了，人常说嫁出去的女，泼出去的水，现在成了人家的人了，就要把心思放在人家家里，替人家谋事，给人家生儿养女过日子，心慌了来咱家看看，但不能久住，久住了人家会笑话我和你娘不懂道理，更重要的是人家会笑你都娶进门的人了，还闲住娘家不顾家。要听话，明天就回去。”

爹说完这些话后，眼睛直瞅着女儿，看女儿咋说，只见女儿只哭不说，哭着哭着还大声了起来。

娘看着心疼起女儿来，就猜想到女儿婚后总有啥不顺心的事情，不然，怎么回来后总是个哭。她不由得替女儿说话：“娃结婚后第一次回门，女婿应该陪娃回门，女婿没陪娃，是他没理，难怪娃哭呢？我想女婿迟早会来的，等女婿来了同娃一起回，咱不能把他没理说成有理。”

男人觉得老婆说得有道理，就说：“那就等等看。”

一直等了三天，还不见女婿来，爹就问金香：“你女婿是不是有病？”

金香就回爹的话：“他老睡着起不来。”

“这就对了。”爹说，“那你明早天一亮就赶快回去，他有病，你要好好伺候他。”

金香“哼”了一声，眼睛里的泪水同“哼”字同时流了出来。

第二天天大亮时，金香娘慌忙起床，想给女儿做最爱吃的鸡蛋油饼，让女儿吃了好回婆家，她推开女儿房门，想叫女儿收拾东西，饭后送她回家，但屋里不见了女儿，再看炕上脚底，收拾得干干净净，被子叠得方方正正。娘高兴地以为女儿不叫送她，自己回家了。她赶紧去告诉丈夫，免得她爹操心……

噩耗像晴天霹雳一样，将金香爹和娘同时炸昏在自家屋里，金香跳水死于美女泉中，胀尸漂在水面，被村上一个放羊娃发现捞出，并告诉了金香爹娘。

这桩突如其来的事引起全村人震惊和悲痛。在族长的安排下，女人们照顾好金香爹娘，男人们和金香的哥哥一起将金香埋葬在美女泉对面的美女坪上。

这地方原来不叫美女坪，叫向杨坪，站在向杨坪上一眼就能看到后山杨玉环的故里杨家坪。近年来，金山村嫁出去了好多美女，也闹出了好多事端，凡是能买得起美女的人家，大多是官宦人家和财大气粗的富家，这些人家的社会地位往往都用娶几个大妻小妾来显示他的富贵。凡是买去的美女玩腻了，就成了大房二房的奴隶了，残酷的劳役和迫害，迫使她们选择了死亡的道路，不知道她们是怨恨美女泉不该给予她们美丽的容貌呢，还是怨恨神灵不该给予她们生命呢？！她们都在苦累难忍、走投无路的绝境时，就都走进了女儿泉，把女儿泉赋予她们的美貌和生命归还给女儿泉。美女坪上的好多墓堆，就是美女事件的不幸证据，从此，金山村人不再饮用此泉水，更不愿生养这短命的美女。

马嵬坡事件后，金山村人望着这些埋葬着被泉水和泪水淹死的美女尸体的土堆，都在思考着一个猜不透的问题：她们想离开这个世界时，为什么都鬼使神差地来到女儿泉，还要死在女儿泉。莫非她们都是杨贵妃的提前转世，不知道是玉皇大帝还是救命菩萨，他们知道也可怜杨玉环在世上只有三十七年的寿命，享受婚姻爱情也不到二十年，是神灵有意安排了这女儿泉，叫杨玉环用她美丽的头发，变成众多美女，去尘世间度过她短暂的人生，来尝试那民间的婚姻爱情，感受那民间的酸辣苦甜，最后，都回归到女儿泉来，不然，杨玉环就出生成一位秃女，没有头发的秃女，怎么进得了皇宫。

金山村人的各种猜想，各种胡说乱道，各种故事的编造，无形中告诉人们：女儿泉水不能饮用，这正迎合了老族长思想上准备下达停用女儿泉水的命令的决心。老族长终于下达了停用女儿泉水的命令。为了警告人们，女儿泉改为“美女泉”。继续饮用柳泉水。柳泉水养育的金山村人辈辈身高体大，少病力强。

金山村在停止饮用女儿泉水之后，美女村的美名湮没在历史的长河中……

美女泉成了人们洗澡爽身的池塘。

明朝隆庆三年，关中大地震，将美女泉的下泉摇裂损坏，上泉成为喷泉，多余的水沿美水沟流走，浇灌出满沟的花草树木，为养牛养羊提供了牧场。美女泉的温度比之前上升了，并且泉水中带有一种硫黄气味，有关节炎的人洗后，疼痛消失、关节有力，无病的人洗后，身爽力强、睡眠香长。金山村人善良，虽把美女泉视为宝贝，但永远向外村人开放，仍然坚持男人白天、女人夜晚的洗浴习惯，可当时的落后农业，整天把农民拴在地里，还养不了一家人的吃穿，人拉犁种地的人家占大多数，全村能养起牛耕地的能有几家，这些人就算富家。一亩地打二百斤粮，还要给财主家交租粮，还要整天在地里施土肥、除杂草，累得人实在受不了，外村人哪有空闲去洗澡，只有金山村人闲了才去洗一次澡，但在那个时代，去洗澡的，只是极少数人，多数人为改变肚子的饥饿和衣不遮体而拼命地奔波着。

三、三个女人把浴洗　耿秋金秀呛了水

金山村虽有美名在外，但实际跟“金”无关。村落不像平原上的村落，平原上的村落都是户靠户房连脊的有序排次的村貌，显示着一个整体形状，金山村由于坡形地貌的限制，加之贫穷的原因，靠崖打窑居住的为多，窑洞多为梯坎形的排列，中排人的院子，就是下排人的窑顶，中排人的窑顶就是上排人的院子。这就要求上排人打窖蓄水的位置不能选在下排人的窑中间，要退让到无窑的地方，既不渗塌窑洞，又能把窑顶上的水收入到不渗水的窖中备用，但这并不是说所有住窑户都是排形的，散居不住窑洞的户数也不为少，有住低矮瓦房的，也有住破烂不堪草屋的，常潮湿得人的皮肤生疮，锯齿形的矮破墙，常生出男女之情的风波，人们就这么在这里一辈一辈地繁息生存着。村庄不断地向外扩展着，也就扩展出不少的吊庄，这里两三户，那里一两户，而且相隔二三里。直到一九四九年前，全村有了一百多户人家。

……

日月如流星，时光不饶人。解放的炮声震响了，人们从心里跳跃出真实的笑声，扭秧歌，响锣鼓，斗地主，打恶霸，分田地，

得自由，封建的压迫被赶走。自己的地由自己种，人们都喊：“毛主席万岁，共产党万岁。”

一九五八年，乡镇实行公社化，土地实行合作化，种地打粮的事由队长说了算，队长说种啥就种啥，人们的思想轻松了，闲暇时没事干，就睡觉。可金山村人不一样，身后有大山，依靠山沟的青草，买牛的，养羊的，喂猪的，养鸡的，更有不少人去山背后开荒种私粮，过去不爱洗澡的人也去美女泉洗澡磨时光。

村东吊庄住着一户姓金的人家，家有祖上留下的两孔窑洞和两间旧房，遮风取暖还算可以。男人名叫金正，二十六岁，女人姓耿，名秋，二十五岁，生有一子，名叫金田，今年刚两岁，村上人也就叫她金田娘，而不叫她耿秋。金正祖辈以放铳为生，到了他这一辈，仍然继承祖业，出外放铳，经队长同意，他用放铳挣的钱买劳动日，每交一元钱农业社给记一个劳动日，年终参加分粮分钱，他比别的社员自由。他的婆娘耿秋容貌喜人，性格和善，见人不笑不搭言，是村上人见人爱的人。

这年三月初，金田娘想去女儿泉洗澡，她就约了村西吊庄猎户金山的女人和村北吊庄石匠金成的女人。金田娘为啥要约这两户的女人同去洗澡呢，因为她们都是可以用钱买劳动日的人，也是被村上人另眼看作为半社员半脱产的家庭。他们既是社员身份，又有农民之外的行业技能，而且这些特殊而又在生活中割舍不开的行业，是周围群众最欢迎的、最有名的行业。

金正那三眼铳的铳声，是没有人能胜过的，而且三连响的声速，也是别的放铳人无法办到的，他的贺喜唱词声音洪亮、词语感人，常听得男女笑断裤带，闹出天大的笑话。谁家娶媳妇，做满月，总要请金正去添喜气，凑热闹，金正成了周围三十里以内的名人。他能被人们尊崇，是他把人情看得重，把私钱看得轻。别人放铳收五元，他只收三元，轻利重义的作为赢得了民众的爱戴，促成了他在放铳一行的口碑。

话说石匠金成，娶妻云凤，也是三十多岁才生有一子，名叫金刚，刚过一岁半。一家三口人，也有祖上留下的两孔窑洞，还有他新盖的两间低矮瓦房，配套着不高的院墙，还算村上可以的家境，他因石匠的行业，也是这一带的红人。在当时那个点灯用油，磨面靠牛的年代，能安起头门的富家，都用石头錾门礅，牛拉石磨子磨面是当时唯一的磨面工具，石磨每用一月就要叫石匠来锻磨齿，不然，石磨就磨不出面来。碾麦场的碌碡，牛马饮水的石槽，墓地里的石碑，哪一件不是石匠的杰作？金成是当地最吃香的石匠，因为他活做得细熟，为人实在，不欺不骗，常以谦虚谨慎、少言多干的处世原则，赢得了自己事业的长盛不衰。

再说猎户金山，虽说单独一户住在村西吊庄，可家境还算村上的中强户。后院靠有两孔大窑，前有青砖蓝瓦门房三间，安有大木头门和两合房门，院墙虽土，但高厚坚固。这样的房舍院子，也够别人羡慕的，但这都是先祖留下的，并非金山和婆娘刘珍新盖的。金山的婆娘刘珍，也算得上村上的一大美人，俩人婚后，你亲我爱，如鱼得水，可总是生不出个孩子来，这成了俩人最大的心病，直到金山四十二岁的去年，刘珍给生了个男娃，取名金旦。做满月时，村上一户不缺都去贺喜，这也要归功于金山两口子的处世为人。金山打猎打死野猪时，刘珍总是一户不少把野猪肉分送给全村人；金山打死兔子、野鸡时，刘珍总要给石匠、铳王这些关系户送些，因此，金山和刘珍成了村上人说人爱的人。

金田娘在家只能等齐了猎户金山的婆娘刘珍和石匠金成的女

人云凤，才能去女儿泉洗澡，因为这两家和她家一样，都有两岁大小的男娃，只能等娃他爸回来了，有人看娃了他们才能离开。

傍晚时分，猎户金山的婆娘刘珍来了，她带来了三块拳头大小的兔肉，说是昨天金山才打的，叫金田娘尝尝鲜。正说着，石匠金成的女人云凤也来了，手里拿着一个鸭蛋大小的纸包，说是金成给一家朋友锻磨子没要钱，人家给送了一包好茶叶，自己留了一半，这一半拿来让金正提提神，她拍了耿秋一把说："晚上和你睡觉就有了精神了。"

耿秋让云凤坐在炕边上，她送给云凤一个耍笑说："你真坏。"

坐在炕边这头的刘珍，早把金田抱在怀里，又亲又爱地说："女人不坏，男人不爱。男人不爱了，哪来这乖的个牛牛娃呢。"

三个女人一台戏，说天笑地，欢乐无穷。正说到热闹处，放铳的金正回来了，听了这些女人的胡说乱笑，就取笑道："难怪人常说，'头发长见识短，谁把婆娘看在眼'，你看你们……"

"看不在眼你娶婆娘干啥？"云凤的头一偏，两眼瞪着金正问。

"为生娃。"金正赔着笑说。

"你们男人都能被人看到眼里去，能得扑哧呢。"云凤的眼神追着金正问，"不会自己生个娃？"

"没长生娃的东西，从啥地方给出生呢？"

"那就别说你们男人伟大。"云凤抓住不放，"瓜呆，真正伟大的是女人。你们哪一个男人不是从女人肚子爬出来的？"

刘珍在金田脸上亲了一口，紧紧抱着金田，喜笑的两眼望着金正说："就说这牛牛娃，黑明昼夜赖皮在他妈的怀里，吸食他妈的奶汁，借他妈的温暖长大成人。你们男人哪一个不是在女人的怀抱中长大的，如果没有女人给擦屎擦尿擦鼻涕，你们就臭得不敢闻，还伟大呢，伟大个屁！”“女人伟大，女人伟大！”金正瞅着刘珍说，“那就号召今后都生女娃，叫世界变成女儿国，到那时伟大全都成了女人的，如果这种伟大持续上一百年，世界上就没人了，全都像有地没麦种，荒了没收成……”

“别说笑了，”耿秋把兔肉切了处理好端来了，她从刘珍怀里抱来金田，叫男人给大家冲茶倒水，然后在金田脸上亲了一口说，“你几个都尝尝这兔肉，解个馋。”

刘珍尝了一口，说：“我常吃。”转身把金田抱在怀中，叫耿秋也尝个鲜。

傍晚时，耿秋叮嘱金正管好金田，她和云凤、刘珍来到了女儿泉边，正好碰上了金田村的一同龄妇女也来洗澡，大家相互问候，这女人说她叫金秀，男人叫周亮。由于这女人也姓金，大家就都热情，耿秋净光了衣服，准备下水时，叫这妇女先下水，这妇女也笑脸礼让，耿秋就上前一步，推着金秀说：“咱俩一同下。”

金秀转身推着耿秋说：“女儿泉是你们村上的，理应先主后客，还是你先下！”说着就双手将耿秋向泉中推进。耿秋的身后就是女儿泉，在金秀的推让下双脚向后退着步……只听“扑通”一声，俩人都头重脚轻地淹没在女儿泉中，岸边的两个人四只眼睛，一看入水的两人没了身影，赶忙下水扶救，耿秋和金秀被扶出水面后，两人已经喝了不少水。等两人喘过气来开始洗澡时，云凤开了腔：“恭喜二位，十月怀胎生下美女，可别忘了请我们来贺喜。”

“但愿事与愿违。”耿秋笑着说。

“你哪来这个文化词语，还怪有让人识不透的文人味儿！”刘珍笑问。

“是夜校识字班老师讲的。”耿秋说，“我哪来这文才。”

四、耿秋呛水怀双胎　刘珍劝解才想开

耿秋那事与愿违的愿望并未实现，她的肚子慢慢大了起来，不但大了，还大得厉害。才五个月么，肚子咋就这么大，比她怀金田的时候大得多。她有些害怕，在刘珍的陪同下，去医院做了检查，那位女医生做了检查后，用羡慕的眼神看着耿秋，嘴里不停地念着："恭喜！恭喜！你怀的是双胞胎，孩子发育很好，你多保重，注意休息，加强营养，别干重活。"

刘珍礼节性地回敬了那位女医生认真负责的精神，说："谢谢你的关心，你真是个好人，好医生。"

回来的路上，刘珍为耿秋怀的是双胞胎而高兴地走路扭秧歌，嘴里唱山歌，不由心花怒放，可耿秋总是高兴不起来，心里由不了心事重重，她总是换不过她那愁眉苦脸的表情。因为她在想着美女坪上那么多坟墓下隐藏着无数个说不清道不白的冤魂屈鬼，她们因为美貌而没有走完自己漫长的一生，在那短暂的一生中，她们成了有钱人的活玩具，有钱人玩够了，就像丢垃圾一样把她们扔到破烂堆里，让苍蝇蚊虫去侵蚀垃圾一样来蹂躏她们。她们在苦难中呻吟、在摧残中垂死挣扎，到了心如刀割、穷途末路的地步，才肝肠寸断下定决心，带着满脸的泪水和无法诉说的冤屈，去美女泉终结自己的生命，才造成金山村美女坪的悲剧。耿秋想到这些美女的苦命遭遇，她不由得内心翻动起了生与不生的矛盾的波浪。

刘珍望着耿秋一路上脸面上的愁眉不展和嘴舌上的一语不发，就问：“你想啥呢？”

“我想要不要打掉这两个双胞胎。”

“为啥？”

“因为是呛水怀孕的，肯定是女娃。”

“女娃咋了，女娃不是人？”刘珍没了一路上的欢乐，“两个活生生的招人喜爱的生命，你想杀掉，你的心够狠的。我没看出来你的心比虎狼还毒！虎毒都不食子。”

“不是我心毒，我的骨肉我能不心疼吗？”耿秋说着，由不了泪流满面，“你看看美女坪上那些阴森森的乱葬坟，她们都是喝了美女泉水才怀孕生下的美女，她们童年的美貌人见人爱，活腾腾的一台戏。可婚后的遭遇和短命哪一个躲过去了？她们的父母为她们的遭遇哭天叫地，男人家心硬，过一段时间就淡忘了，女人家心软，总是忘不了，特别是母亲，人说母子连心，这话一点不假，美女坪上埋葬的美女们，她们的母亲为她们的短命而哭瞎了眼睛的为数不少。这些母亲为女儿而弄残了自己，毁害了自己，过着人不人鬼不鬼的日子，时间不长，就跟着女儿走了，去阴间陪伴女儿去了。一想起这些，长痛不如短痛，我就想着要不要打掉这两个双胞胎，以断后患。可心里不断闪现着这是两个生命啊，而且是我的两个宝贝女儿呀！我的心在苦与喜的波浪中闪动，总是静不下来，你说为难不为难呀！”

“这为难是你自作自受的。”刘珍用火舌一样的眼光射向耿秋说，“天大的喜事，你总是胡思乱想作践自己。你糊涂得连黑明昼夜都分不清了！你生活在啥时代都懂不来了，美女坪上那些坟墓，都是一九四九年前封建社会给妇女造成的迫害与摧残的罪恶展现。现在都解放这么久了，在共产党的领导下，人民当家做主了，旧的封建社会的铁锁链被全部砸碎了，婚姻法都颁布了，实行一夫一妻制。过去那有钱人糟蹋妇女的一夫多妻制不会再有了，在婚姻法的保护下，美女事件不会再发生了，美女坪上的坟墓不会再有新的了。新社会提倡男女平等，你好好保护你肚子的双胞胎，别再胡说乱道了，万一叫村上那些不生娃的婆娘听见了，会咒骂你的。”

耿秋的脸上没了愁容，她用佩服的目光瞅着刘珍要笑地说：“你红萝卜调辣子呢——吃出没看出，肚子还有些文才，你说的别的我都信，就男女平等我不信。”

“你坏。”刘珍拍一把耿秋的肩膀说。

“说笑呢么。”耿秋的脸上有了笑容，“不管咋说，咱女人就是女人，不能和男人比。咱生来就是被男人娶的人，男人的需要就是咱们应尽的义务。义务尽好了男人就高兴，义务尽不好，硬和男人打死仗，男人把你休了，你只能流着眼泪走人。从古到今，男人休女人的还少吗？咋没听说过女人休男人呢？”

“你还是封建思想。”刘珍很认真地说，“新社会女人也能休男人。男人对女人不好，甚至打女人，女人就有权提出离婚，不但离婚，还有权带走她劳动所得的财产。让那些不知好歹的男人凉着去！”

“政策再好，女人总是女人。”耿秋仍和刘珍争辩，“就拿生娃这事来说，生男生女能由人吗？！可你连生几个女娃不生男娃，全家人拿白眼仁看你，说你上辈子亏了人，这辈子只生女娃不生男娃，是个不争气的贱女人。你只能背地里把泪水往肚子里咽。不生男娃能怪女人吗？可人家总是怪女人，你有千张嘴也只能闭嘴暗流泪，谁让你是女人呢！有多少女人在生娃的难产中断送了自己的生命啊！旧社会咱农村人常说‘婆娘是窗纸，破了换新的’。你能说在日常生活中男女平等吗？”

刘珍被耿秋所说的这些日常女人所遇到的无法辩驳的事情而镇住了，她望着耿秋只是笑，一时没了反驳的话语。走着走着，刘珍想起了那晚在识字班老师讲的话，就拿起了架子清了清嗓子，像唱戏一样，原汁原味地讲着：“今后呀！女人和男人一样，都有选举权和被选举权，也就是说，男人能当的官，女人也能当，男人能做的事，女人也能做……”

耿秋嘴眯眼笑地说：“那我给你寻个最美貌的女人，让人家试一试你这个男人的本事行不行！”

刘珍在耿秋肩上拍了一把说：“你真是个宝，屎爬牛推粪蛋呢——识不来的宝。”

两人说说笑笑地回到了村前，耿秋叫刘珍去家里吃完饭再回。刘珍说她想金旦了，一日间不见就心慌，耿秋斜眉笑脸地瞅着刘珍说：“你就说想金旦他爸了，咱又不是‘小三’，说说怕啥，还怕‘老二’骂咱！”

刘珍险些笑断了裤带，说：“咱这洋芋（土豆）蛋脸，能当‘小三’就成了万元户了，天生咱这脸面不是供上层人用的，咱有自知之明，咱回咱的土窑，咱爱咱的土男人去！”

两个人的笑声把她们冲回了各自的家庭，去享受各自的幸福……

耿秋的猜测十拿十稳，她生了两个谁见谁爱的女娃，刘珍和云凤轮流着照管耿秋。两人不管谁来照管耿秋，都带着自己的宝贝儿子，说来也怪，无论是刘珍的儿子金旦，还是云凤的儿子金刚，来了都爱在小美女脸上亲，而且还有专爱，刘珍的儿子金旦一来，小美女中的姐姐老大总是望着笑，因为双胞胎中的姐姐耳朵上有个小痣，妹妹脸上无痣，金旦总爱在望着他笑的姐姐脸上亲。而云凤的儿子金刚来了，双胞胎的妹妹总爱望着他笑，金刚总爱在妹妹脸上亲。也许是他们常亲，人说小孩闻气味，才形成了这种说怪不怪的现象。这也引起了刘珍和云凤的一种怪想法，两人商量决定，各人做一套美女衣裳，等满月时给自己孩子爱亲的美女穿上，暗示着她们长大后，能否嫁给爱亲她的人。这也等于咱给咱娃把美女占了，你说好不好？这当然好，万一将来变成事实，那不成了天大的好事？

五、满月村人来贺喜　刘珍云凤定儿媳

满月这天，村上的女人大多来了，一是来看望坐月子的耿秋，二是来给美女拴长命钱的。耿秋一看来人太多，忙叫金正去街上买菜割肉，让大家中午一起坐伙坐伙，吃个便饭，别冷淡了大家。

中午的饭菜是由刘珍和云凤主厨，村上妇女帮忙，饭菜做得够丰盛的。前来贺喜的男男女女坐了九张餐桌，一边吃饭，一边说天道地后，喜气带着饭菜的香气走家串户地前去报到。这是金正家多年来最热闹的一天，也是妇女们最开心的一场大聚会。各种奇闻怪事，都从众人口中讲出，最有喜闻的一条消息，就是金田村那位和耿秋、刘珍、云凤一同在女儿泉洗澡而呛水的妇女，也生下了一个美女，前八天也给做了个大满月。

饭后，村上贺喜的人都带着笑脸走了，刘珍和云凤清扫了院子，收拾整理好厨房，各人拿上她们藏在厨房木柜里的包袱，来到耿秋的房子。耿秋一看两人都拿着包袱，就问:“包袱里包的啥？”

刘珍脸上神秘一笑，说:“占娃的东西。”

“占娃干啥！”耿秋疑惑地问，“是不是想给我女当干妈？也

想沾我美女的光，在人前图个骄傲，想得倒美。”

云凤严肃了脸面，像领导给下级宣布一条会议决定一样地讲着：“经我俩的领导会议决定，不是当干妈，是当真妈，更不是占义女，是给我儿占媳妇。你也看到了，每次我带我儿子来了，你二女总是望着我儿子笑，我儿子总要在你二女脸上亲几口。据刘珍说，她儿子和你大女儿也一样，一个笑一个亲，相互都很爱。既然这样，我们为何不圆他们一个爱的梦，让他们长大后结为夫妻，幸福美满地度过他们的一生。耿秋！你说首长的这个决定好不好？”

耿秋和刘珍被云凤的喜剧表演直弄得捧腹大笑，笑声把空气牵引着在满屋子跳舞，久久不能停息。耿秋笑得直喊肚子疼，金正从院子来到屋内，问出了啥事，耿秋止了笑声说：“没啥事，两个她义妈和娃耍呢，能有啥事，你该做啥做啥去。”

金正望着刘珍和云凤，显出满脸的高兴之后，又转换成惴惴不安的表情，说：“这一下子有了三个她妈，让我该怎么管理……”

“有啥管理的。”刘珍说，“我们不是傻子，谁要你管，不就是隔三岔五地来管管娃么！”

“不管就乱了，还会生出祸事来，我想好了，干脆买个奶山羊……”

“买山羊干啥？”耿秋说，“我的奶水够娃吃，别买了。”

“你这不懂。”金正说，“买只山羊不为奶娃，我再做个木车车，我坐在木车车上，叫山羊把我拉上……”

“叫山羊把你拉到哪里去？”耿秋问。

“这还得从秦始皇的一个故事说起。秦始皇统一了六国后，成了皇帝，啥叫皇帝，说明白一点，皇帝就是全国人民的国王，这个国王不同于一般的国王，他的一道圣旨能调动几十万的军队。他说杀谁，谁的头和身子就得分家，他说叫谁官升御史，没人敢去反对。可就这位全国第一人，叫一件小事给难住了……”

“你快说嘎。”云凤急着想听完这个故事，就催金正快讲。

金正却有意停了下来，他从衣服口袋掏出五分钱一盒的羊群牌香烟，抽出一根，用火柴点着，狠狠地吸了一口，吐出的烟雾在空中舞动缭绕出无数个不断变化的图案……

“你好好抽。”耿秋那不悦的眼神像激光束一样烧向了金正说，“农业社一个劳动日一块钱，就这还比其他村高。你一天抽两包烟，一毛钱已变成烟雾走了，看将来三个娃吃风屙屁呀！”

“男人不抽烟，女人没好感。”云凤替金正抱打不平，“男人能抽烟，才算男子汉，闲话少说，叫金正哥把故事讲完。”

金正丢了手中的烟屁股，又用手端起茶缸喝起茶来……

云凤为听完这个故事，急切地直喊：“金正哥，你快说嘎！到底被啥事难住了？”

“婆娘。”金正瞅一眼耿秋说，“就是婆娘的事。”

“婆娘咋啦？婆娘把你吃咧？”耿秋一心管娃，顺便逮来几句金正讲故事的耳边话，以为说她呢，就气不过质问金正。

金正赔礼似的送给耿秋一个笑脸说：“我说秦始皇的婆娘呢，没说你，你别胡拉被子乱扯毡。”

刘珍插了话，从中和解说：“耿嫂你别扰乱，叫金正哥把这故事讲完。”

金正又呷了一口茶，才正式说开了：“秦始皇娶了四百多个婆娘，一年只有三百六十五天，也就是三百六十五个晚上，一夜去一个婆娘房子，一年完了还剩几十个婆娘没见过男人。这些婆娘能心里好受吗！肯定不好受，背地里非骂秦始皇不可。好事反倒成了坏事，但让秦始皇最为难的是第一晚上先从谁那里开始。他想来想去，就想出了个羊拉车的办法，是羊拉到那个婆娘房子的，不是我要去那个婆娘房子的，你谁再有意见怪羊去，别怪我！”

云凤拍手叫好：“秦始皇不愧是皇帝，想的这办法还真好。”

“秦始皇羞他先人呢！”刘珍说，“成四百多娶婆娘呢，‘狸猫换太子’那戏上，因为三宫不和，错杀了多少人命。这才三个婆娘，闹得全国不宁，杀了同一天生的多少儿童。”

“我正为三个婆娘发愁。”金正声无亮音地撂出了这么一句。

“你为谁家三个婆娘发愁？”耿秋问。

金正无神的眼睛望了耿秋一眼说：“还能有谁家！咱美女已经有三个她妈了，我这男人就不然而自然了么，还能有别人沾的光！为了以后不淘气，我也只能学秦始皇用羊拉车……”

“啪”的一声，耿秋扔来的扫炕笤帚正打在金正的头上。金正抱头跑向院子……

三个婆娘笑得上气不接下气，只得躺在炕上喘气。

刘珍缓过气来在耿秋身上拍了一把说：“人说三个臭皮匠，顶个诸葛亮，顶个屁。咱三个能行婆娘，让金正哥把咱当猴耍了。”

“谁让咱没人家头脑灵醒。”云凤说，“才高一寸压死人，斗智斗不过人。也是要笑呢，笑一笑，百年少。”

“他才高咱不用他。”耿秋说。

“我刚准备给你俩说，趁你俩在，给娃把名字起了，万一将来咱三家结成亲，娃的名字伤着谁家的大人还得改，那还不如一次安好，永世吉祥。”

云凤说：“给娃起名是大事，这是关系娃一生的事，还是把金正哥叫进来，人多智慧广，一次选好，一生不变。”

金正被云凤叫进了房子，云凤给金正的茶缸里倒了些热水，叫金正喝些热水暖暖身子，金正一进房子，三个人不由得望着金正笑。刘珍一边笑一边告诉金正，“给娃安名字呢，这次把你头脑中装的好名字全给倒出来。人常说‘有智出智，无智的出力’，这次的把戏要得好不好，就全靠你了。”

“没问题，这事金正哥稍微思量一下就成了。”云凤急着插嘴说，“不像咱三个草包，叫人把咱要弄了，还叫人快弄嘎，金正哥在外跑事，铳声一响，好话满腔，啥事说啥话，啥人唱啥戏。不然周围人为啥爱请金正哥放铳，主要是他的唱词好，人爱听，咱娃一个名字么，放在金正哥头脑里，小菜一碟。据我估计，金正哥给咱美女的名字早就想好了。”

“是想好了两个名字。”金正说，“但这只是我一人的意见，不一定符合大家的心愿，我为这两个名字，赶娃生下一直想到现在，才想出来……”

“你快说名字。”云凤说，“不就是两个名字么！别狗吃抹布呢——串串不息的。”

金正解说：“给娃起名要详细周密思考，反复分析推究，而且与姓氏有很大的关联。比如说姓赵的，是因为他的祖先在黄帝时发明了车，黄帝赐他的祖先赵姓，赵姓给娃起名，名字中带上路字最好，因为车无路前行不了，这就影响娃的前途。再说张姓，也是在黄帝时发明了弓箭，黄帝用人拿上弓箭站在八马拉跑的车上，射箭伤人，才打败了南方的蚩尤，统一了全国，就赐张姓的祖先姓张。张姓给后代起名，名字中不能有地和后字，因为弓箭是在地面以上的天空向前飞的，像张飞这个名字就很好……”

耿秋着急地想知道娃的名字叫啥，就急不择言地数落金正："叫你说给娃起的名字呢，你可是赵姓呀！张姓呀！总不说咱娃的金姓，你的学识这么多，咋不弄个啥官当一当，光知道在黄土地上犁沟渠，说明咱先人坟上就发不出来个官。快说咱娃的名字。"

"娃的名字也只能从你说的咱金姓上来说。"金正仍不着急地说，"金姓来源于五帝中的少昊，少昊死后被尊为西方大帝，按五行说，西方属金，金姓就是他的后代。金姓起名字不能带东、南、北三字，这是背叛祖先的三个字。再说起名字男女之分很重要。男带钢、强，女带花、彩最好，咱女儿正好生在金黄色的野菊花盛开的秋季，这个季节人称金秋，突出了金姓为首，说明她们生在了黄金遍地秋花盛开的时候，你看咱这里满山的野菊花，特别是美女泉周围的崖坡上，铺天盖地的野菊花显示着它金黄色的骄傲，在那自然形成的沉迷醉人的花园里，蛐蛐弹琴青蛙唱，蝴蝶蜜蜂采花忙，鸭子泉中耍水浪，喜鹊空中闻花香，这情这景谁不说好。我就以金秋菊花满地香的美景，给咱的双胞胎女儿起名字。"金正说到此处，又端起茶缸漫不经心地喝起茶来。直急得三个婆娘没法了。刘珍和云凤又不好意思说金正，只能用眼睛瞅着耿秋，提示耿秋问金正，娃的名字到底叫个啥。

耿秋本身就有些着急气愤，她看懂了刘珍和云凤的眼神，不由得情绪激动起来，眼瞅着金正像骂似的质问："你是任拐子说书呢，到要紧处就停下喝茶，候人给你丢钱呢，是不是？你把我们三个不当人么？"

"不是！不是！我嗓子痒。"金正把笑容贴满了脸说，"想喝口水润一润嗓子，然后响亮地把娃的名字唱给你们，你们别瞎狗咬主人呢——看不见么都闻不来！"

“又骂人呢！”耿秋喊。

刘珍笑脸和解：“没骂，没骂，别冤枉金正哥，叫金正哥快说娃的名字。”

金正清了清嗓子，提高了声调说：“人叫人的名字，往往只叫两个字，按照以往的规律，咱大女儿的名字叫金菊，二女儿的名字叫银菊。这两个名字连起来就叫金银菊香飘四方，遍地金银堆满仓。你能说这名字不好吗？！”

“好，确实好，肚子没有文才的人安不了这么好的名字。”云凤一边鼓掌，一边赞扬，“难怪人们都叫你铳王，值得。”

刘珍也在炕上鼓掌称赞，耿秋送给金正一脸不带任何虚情假意的微笑，算是对金正给两个女儿起的名字的认同和赞美。

六、十六年岁全跑净　美女心中生爱情

日月如流星，年岁跑得疯，无意间，十六个年头跑得干干净净，无踪无影，人们在这十六年中，经历着不少的喜悦，也受着自然的灾难，但在共产党的领导下，人们天不怕地不怕，心往一处想，劲往一处使。社会主义的信念永记心上。老天爷想考验人们的意志是否坚强，来了个三年百日大旱，夏粮减少，秋粮绝收，形势非常严峻。山穷、地穷、人都穷，怪来怪去怪水穷，多少穷字当了头，人的信仰没有穷，歌声没有穷。“东方红太阳升，中国出了个毛泽东，他为人民谋幸福……”的歌声到处飞扬，这歌声提醒了人们，有共产党在，全国人民像一家人，无匪无贼人心稳。虽说有灾情，但人思想上没压力，没愁苦。干部吃啥咱吃啥，男女干活说笑话，笑得大家都不乏。精神振作一身轻，想方设法战灾情。

金山村靠山，有山不愁吃穿。在村书记金明的谋划下，干部群众都听话，全村的男女劳力分成好多个组，一组一业，责任包干，产值达标，利用山上的泉水和美女泉的水源大量种植浇根省水的瓜类、蔬菜和生长期短的60天高粱。利用山上的野草大量养殖牛、

羊、兔子。人们拧成一股绳，心齐手忙抗灾情，加上政府给的救济粮，金山村人灾年没受穷。

由于抗灾的胜利，人们都称赞书记金明，金明在一次社员大会上笑容满面地讲道：“这次抗旱救灾的胜利，金正的功劳最大，这其中好多点子和办法都是人称小诸葛的金正想出来的，村干部觉得这些办法好，就安排人去做，结果，我们获得了大量的蔬菜和高粱，填饱了全村人的肚子，还吃到了不少的肉食。从这次抗旱救灾大家都感受到了社会主义大家庭的好处，看到了共产党诚心诚意为民办事的精神，认识了人多力量大的真理。不光要看到今日的好，还要认识到今后的好，共产党领导下的社会主义，要逐步抛掉茅草房、破窑洞，让人民的生活不断地得到提升，不断地走向幸福的美好。”

书记金明的话刚落脚，村主任王强板起面孔接了腔，他口气生硬骂人一样地说：“有的人干活不出力，做样子，混工分，对于这些人今天警告一下，如果再不改正，对这样的男劳力将由一日的 10 分降到 8 分，对这样的女劳力将由一日的 8 分降到 6 分，十五岁至十七岁的未成年人中没有发现出劳不出力的现象。请大家今后都眼睛放亮，把那些混工分、磨时间的人检举出来。”

会场起了嗡嗡声，声音越来越大。有人大声问道：“有的妇女从来不上工，工分天天记。有的青年上工经常迟到早退，这算不算混工分？”

会场一片寂静，听到的只有人的出气声。王队长终于站了起来，心中的怨气全写在脸上，说：“我知道这意见是给我提的，那我就说明一下，乡政府天天有下村的干部，一来就是两三个人，来了总得要给人家吃饭，饭还要吃差不多的饭，因为人家是乡上的人，救济粮给咱村上分多少，人家说了算。农业税和特产税分多少，乡政府的红头文件一发，你一个子儿也少不了地给乡上交。你说我敢慢待这些人吗？！我老婆烧水呀、切菜呀、做饭呀，忙得连颠带跑，啥心都要操上。有时候没盐没菜了，把正上班的儿子叫回来去街上买，造成了儿子上班迟到早退。我也是秃女带络络呢——前不好的后不撩，左右为难。接待人这事比啥都难，笑不出来也得笑，不能板着面孔招待人。我实在忍不住了。谁要看上这差事，我双手恭送，每天给你记三个工日，请愿意的报个名？”

“有报的啥名。”书记金明开了腔，“农业社这种大锅饭造成的混工分，人见影影不出力，勤人懒人分不清。人哄地，地哄人，哄来哄去哄自己。缺衣少食干受穷。听说不少地方已经分田到户了，农业合作社解体了。我们离分田到户也要不了多长时间了。到了那个时间，啥问题都不存在了。各家的‘猴’由各家耍，要好了有吃有穿变富汉，要不好少吃没穿穷光蛋。到那时，谁的良心是几两，全都会暴露在人们的眼皮底下。就在这短暂的大锅饭时期，我劝大家明智一些、和谐一些，让村风变好一些。”

书记金明的一番讲话，使会场变得鸦雀无声，村主任王强借此时机宣布了散会。

金菊和银菊在人们走完后才离开了会场，这时的金菊和银菊，已经读完了小学，为了哥哥金田能继续上学，父亲让她俩能认个字就行了，她俩也就成了农业社的社员。开会也给记工分，为了挣工分，她们每会都参加，但随着年龄的增长，她们内心却不由得产生和装载着各自的秘密，这秘密的产生连她们自己都无法控制。这种想法与欲望不是一年两年才产生的，自从她们长到十五岁的时候，就有了这种想法，爱和男娃在一起玩，特别爱和美男子在一起玩，在玩的过程中她们也感受到男娃爱争着和美女玩，有些男娃为了能争到和她们在一起玩要，把家里最好吃的东西带给她们，她们也为了能被美男子看好，经常打扮得很漂亮，以此来招引美男子和她们玩“拍拍手，口婆口”。这是她们最爱玩的一种游戏。当年在学校时，一有空就玩这游戏。现在更爱玩。而且男娃爱和女娃玩，女娃更爱和男娃玩。首先俩人要坐成个两对面，男娃的右手心和女娃的左手心要用劲对拍出响亮的声音，然后再换位成男娃的左手和女娃的右手拍出响声，以此不断换位拍响，口中还要不断对唱出“口婆口”的词语，例如：

男：口婆口，　拍手
女：打面斗。　拍手
男：面斗梁，　拍手
女：盖新房。　拍手
男：新房里面娶新娘，　拍手
女：娶下新娘干啥呀？　拍手
男：生娃奶娃长大呀。　拍手
女：娃娃长大做啥呀？　拍手
男：念书识字挣钱呀。　拍手
女：挣下钱做啥呀？　拍手
男：好吃好穿养爸妈。　拍手
女：剩下钱做啥呀？　拍手
男：买个媳妇成家呀。　拍手
……

这种游戏，谁把词语没接上，或手掌没接拍就算输了，输了的人得把脸伸给对方，让人家在脸上亲一口，这样能使她们玩得很开心，能达到异性相吸、男欢女爱的心灵感受。她们玩耍的地方就在村北的山神庙广场，由于村子靠山，经常有狍子、野猪、狼、狐狸等夜晚入村伤人叼鸡的事件发生。特别是下雪天，山里无食，狼伤娃的悲惨事件常有发生，村上人为了保护人、鸡、猪、羊的安全，就在村北山坡下的平地上修了座山神庙，把村子的安全交给了山神爷。每年四月八日山神庙会，沿山一带的男女老少都来敬神烧香，消灾免罪，由于来人太多，村上在庙前修了五亩大的广场，广场两旁栽有上千棵洋槐树，每棵树下放四块方石，让来人落座。恰好在庙会时，正是洋槐开花、柳枝吐芽、春阳高照、万花绽放的景致季节。逛庙会的人敬山神爷只是一种义务的形式过程，主要是来这荡人心魄的美景区散心享乐，满山开放的野花空中飘香，令人陶醉，欣赏和感受这美景的幸福感，赶走了心中的烦恼与寂寞，在这个环境里，庙会上免费供应给每人饱餐的洋槐麦饭，比医生开的治疗焦虑病的医药强十倍。庙会的香钱收得太多，村上就用这钱在庙的对面修了座戏楼，每年庙会大戏唱三天四晚上。四周八社的人都来逛庙会，金山村的庙会名声大、有气派。

由于庙会的好影响，村上人闲了总爱来山神庙广场散散步，舒眉展眼乐身心。

金菊和银菊散会后来到山神庙广场时，看见金旦和翠翠在玩“口婆口”中的拍拍手亲一口。金菊和翠翠是亲姐妹一样的好朋友，在学校上学时曾是多年的同桌，现在金旦和翠翠也不上学了，金旦跟父亲学打猎，用钱买工分。翠翠和金菊银菊一样，都成了农业社的半劳动力，劳动一天挣五工分，也算给家里个添补。她们在劳动时爱挤在一起，一边劳动，一边说天道地，骂南笑北，说是劳动，还不如说她们在玩耍，谁操心过脚下的活路干的好坏。劳动休息时，男人们在地头用土块和绿叶玩拉方和狼吃娃，她们就坐在锄把上玩“口婆口”中的拍拍手亲一口，在那种场合，人多眼亮，赢者只能在输者的手背上亲一口，以此取乐。这种游戏也是从农业社大锅饭地头上学会的，后来发展成男女青年间耍玩“口婆口”中的拍拍手亲一口（在脸蛋上），极大地提高了这种游戏的心灵乐趣。会刚开完，金旦和翠翠俩人就跑来玩拍拍手亲一口。

金菊和银菊走到金旦和翠翠跟前，金旦输了，怪他把最后一句忘了，又把脸伸给翠翠让人家在脸上亲……

“笨蛋。”金菊以取笑的目光瞅着金旦说，“那么简单的‘口婆口’都能把词忘了。还金旦呢，真正的笨蛋。”

“我不笨，怪你俩。”金旦反驳。

“怪我俩啥？”银菊问。

“怪你俩个脸瞅着我。”金旦说，“把我心瞅乱了。”

“我俩个脸上没扎花，咋就把你心看乱了？”银菊不由得笑着。

“比鲜花还勾人心，勾得人心犯热乎，胡乱跳，把唱词都忘了。”金旦眼神盯住她俩狡辩说。

“只能说你的心思不正。先别瞅我俩，收了你的怪心眼，专心致志再来一次，要争气，要保证赢了翠翠，现出一个男子汉的强胜和霸气来，不要老是输，不能把脸不停地叫翠翠亲。”银菊鼓励金旦。

“要啥？”金旦问。

“耍《马啼杠》。”银菊说。

“谁先来？”

“翠翠。”

翠翠举起右手喊金旦：“准备接拍。”

金旦举起左手喊：“来。”

两人开始了拍打唱词：

女：马蹄杠红杆杆，　叭！

男：我是我婆心坎坎。叭！

女：我婆把我打一把，叭！

男：我和我婆不说话。叭！

女：我爷回来问为啥，叭！

男：我说我婆把我打。叭！

女：我爷大嘴笑哈哈，叭！

男：你婆舍得打孙娃。叭！

翠翠为了学他爷的笑哈哈，竟忘了出手，翠翠输了，把脸伸向金旦，金旦轻轻地在翠翠脸上亲了一口。

金菊和银菊都笑了，笑金旦胆小，连翠翠的脸都不敢用劲亲，真是个胆小鬼。胆小的金旦经常输给翠翠，那就叫翠翠用心亲去吧！

金菊拉银菊走开，招呼翠翠说：“好好赢，热情地亲。”

正当这时，身后来了虎娃和王贵，王贵是王队长的儿子，倚仗他爸的权势，霸气十足，没人敢惹，虎娃是个孤儿，原来和父母住在山后，由于离村子远，又是独户，他家未加入农业社，父母四年前得了克山病，先后去世，留下他一人乞讨为生。村书记念他可怜收为村民，安排给五保户老汉当孙子，生活全靠村上救济，虎娃也把自己看得小，见人不笑不说话，常把爷爷、叔叔、哥哥、姐姐吊在嘴上，是村上人见人爱的个青年，谁家有个啥事，都肯叫他帮忙。金菊见他和王贵来了，就叫银菊和王贵耍，王贵不肯耍银菊，要和金菊耍，金菊一手拉住虎娃，向戏台那边走去，边走边扭头招呼王贵："不耍就闲着去，别在这里狗寻兔子。"

七、金菊虎娃述旧情　男女恩爱是天生

王贵跟银菊走了，去戏台东边的树林里玩“口婆口”中的拍拍手亲一口去了。金菊和虎娃上了戏台子，金菊从戏台后墙角处取来他们常耍的两块小木板，递给虎娃一块，两人对面坐好，虎娃胆怯地低着头说：“耍啥呀？”

“急啥呢，心急吃不了热豆腐，今天就咱俩个人么，爱咋耍就咋耍。还没耍呢，你看你像老鼠见了猫，胆小的头都不敢抬，我又不是吃人的老虎，你有啥怕的，把胆放正，头抬起来，看着我。”

“金菊姐，不由人么，说实话，你那眼神，你那美丽的脸蛋，人一看就心跟着你跑了。心热得静不下来，要耍起来，你会次次赢，我会回回输。”虎娃低着头说。

“虎娃哥，你比我大，我今年十七岁，你十八岁了，你不要把我叫姐，我应该把你叫哥。你说因我的容貌会造成咱俩耍斗不公平，那只能怪你心猿意马，自己不能控制自己。那咱就说说闲话，放松放松，等你心静了再耍。行不行？

“行，这样好。”

“你识字吗？”金菊有意严肃着脸问。

“多少认得几个，只上了两个月学。”虎娃实话实说。

“为什么不好好上学，只上了两个月学，能识几个字？”金菊的脸气阴沉了。

“怪啥呢，只怪自己笨，心窍不灵醒。”虎娃这时的心情被金菊引导到痛苦的往事记忆上，“我十二岁时母亲给爹说，‘你不识字，上辈的娃他爷也是个睁眼瞎。现在新社会了，政府出钱办学，该让虎娃上学认字了。山上没学校，离金山村学校太远，为了娃的安全，干脆叫娃住在法门街咱姐家，咱姐也不是外人，骨肉连心的，叫娃好好安心念几年书。咱受苦受难不怕，只要虎娃能成个人才，咱说啥都行。’爹听了娘的话，把我送到法门街的姑姑家。姑姑待我如亲儿，我在法门小学上了学。那位姓王的老师是个好人，他念我爹人缘好，又是深山老林的人，就对我特别关心，他送一本《三字经》教我念，教我画字，可我总是怎么也念不会，画不来。王先生见我笨，就改变教学方式，每天让我学五个简单的字，反复学，我真的就学会了，越学越会学了，越来越会画了。老师表扬我，同学羡慕我，就在这时出事了，法门街上三个有钱有势的娃，有意给我找岔子，骂我是山猪，臭了他们，叫我滚出学校回山上去。那天下午放学后，我正往我姑家走，这三个娃就挡住我不许过去……”

“他们要你干啥？”金菊急问。

“他们三个站成一行，都两腿张开，叫我从他们的胯下爬过去，我不爬他们就打我……”

“那你不会回学校去告诉老师？”

“他们拉着我脱不了身，但他们万万没有想到，我这山里长大的娃，割草背柴练就一身功夫，他们根本不是我的对手。我先没有动手，等他们把我打得鼻血流淌的时候，我三拳两脚把他们三个放倒在地上……”

“打得好。”金菊竖起右手的拇指，把满脸的笑全送给虎娃。说:“把这些娇生惯养的少爷公子教训一下，是大快人心的，不然，他们不知道天有多高，地有多厚，只知道自己，不识别人的东西。没看出你还有点英雄气质。”

“英雄屁呢，打下大麻烦了。打倒人的那个夜晚，我回到姑母家后，姑母问我脸上哪来的血，我哄姑母说是淌鼻血，姑母叫我洗了脸，给我吃的油饼泡鸡蛋。那晚我睡得最香，天一亮就到了学校，王老师把我叫进他的房子，问清了昨天下午打架的事后，他告诉我把组织打架的那个娃的脾脏打破了，昨晚在县医院做了手术，估计花的钱不少。听说现在人还没灵醒，这看病的钱你家根本赔不起，再说他家你惹不起。你赶快从学校后门出去，回山上躲一阵儿，下面的事由我处理，你也别回来了，叫你爸给你另找个学校念去吧。我没停从后门跑出来，回到后山的家里。父母问我怎么跑回来了，我说肚子疼请了病假。”

“这王先生是个好人，是个懂事理的人。”金菊称赞。

“是个大大的好人。”虎娃继续讲述。后来听姑父说，他先被王先生叫去了学校。三个孩子的父亲来学校找王先生要见我人，被打破脾脏的娃他爹，要学校向我家追要他娃看病的六十元钱。

姑父质问道:“虎娃现在还在医院看病，这钱谁出?”

“王老师叫来了昨天下午参与打架的两个学生，叫他们老实交代昨天打架的过程。两个学生一五一十地承认了被打破脾脏的娃如何叫他俩帮忙打架，叫他们把山里娃叫山猪，是打破脾脏的娃先打得我满脸是血时，后来才发生了我打破那娃脾脏的事情。

就在这时，这两个承认错误的娃他爹变了脸，伸手在自己娃的脸上打了两巴掌。骂道：‘跟上土匪学瞎呢，平白无故打一个山里的可怜娃，头里面装的是粪，还不给我滚出去。’就在这时，王先生严肃起来，他告诉这两个学生：‘每人写一份昨天下午打架的经过和检讨，交到我这里来，你们现在就写去。’两个学生去了教室。”

“事情已经说明了，这事的起因不怪人家山里娃，还叫我娃写检讨干啥，一位打自己娃的家长说。”

“备案。”王先生说。

“备案做啥？”一个娃他爸问。

“按学校和教育局的规定，凡学生打架造成流血事件的，所有参与者必须开除学籍，并报教育局备案，县内所有学校不得收留这些学生读书。”王先生很严肃认真地告诉这些家长们。

三个学生家长都用惊恐的目光望着王老师，其中一个帮忙打架的娃他爸以求情的口吻问：“王老师，要真的把娃们开除了，娃的一生就完了，这是大事，是关乎娃们前途命运的大事，你行行善心，将此事私了为好。”

“你说的这种处理方式，我也想过，如果这打架的风传了出去，我就成了知情不报者，县医院的诊断证明如果写为打架造成脾脏破裂，天王老子也救不了你们。我敢知情不报吗？”王老师为难，脸容愁苦。

一位家长用凶狠的眼神瞅着脾脏破了的娃他爹问：“你们看病时怎么说的？”

“我们没敢说是打架造成的，说是娃跑得快，跌倒后胸部碰在一块石头上，不然，娃打人的事传出去，谁家娃以后还敢和我娃在一起。现在看来事情已经明白了，全怪我娃，只要学校不开除娃们，看病的钱我不要了。”

“你不要了，可有人还要。”姑父开了腔，“人家虎娃是来上学念书来了，没惹谁没闯谁，平白无故被人打伤，娃他爸就再是好人，怕也咽不下这口气。把这事摆不平，咱在这里等于白说。”

“事情难就难在这里。”王老师犯愁地说。

两个写检讨的娃把检讨书拿来交给王老师，这两个娃他爸看到娃的可怜相，由不了地出声喊我姑父：“老哥！咱抬头不见低头见的一个街上人么，难道能看着让学校把娃们开除了？由我两家各拿二十元，你去无论如何把这事摆平。你回来后咱们坐喝一回，把你的好处永生不忘。”

“这事就这么摆平了，多亏了王老师。”虎娃说。

“王老师是包公。”金菊说，“真正的包相爷。为民办事的正直人。他认理不认人。你把人家娃打得脾脏都破裂了，还得了四十元。问题是他娃不占理，你占理。那后来你没上学去？”

“后来我爹给我另找了个学校。他打死我也不去，咱不是识墨吐字的材料，一读书认字就坐不住犯头疼，字与咱无缘。”虎娃的眼神开始贴在金菊那美丽的脸上，感受着一种无形的美好与享受。

“人都有一种生来就有的天性爱好,你的爱好是啥？”金菊问。

“我最爱的是爬山上树要大刀。”虎娃给金菊送了个笑后说。

“怎么能是这种爱好？这和今后的生活没有联系。”金菊也送他一脸迷人的笑后说。

“有联系。”虎娃说，“我在十四岁以前和父母长期住在深山老林中。那地方不像山外，常有野猪、狼、狍子、老虎出没，出门割草，要带上木棍顶头安有大刀的护身工具，再带一个装有鸡蛋大小石头的腰带捆在腰上。割草砍柴的地方要离树近，万一遇到吃人的猛兽，就极力快速地上到树上，坐在树杈上用石头打走猛兽，猛不防遇到狼和野猪已经向你扑来，大刀就可以杀伤它。久而久之，练就了这些特长，也变成了自己的爱好，但话说回来，是生活环境逼出来的特长与爱好，也练出了身体的力大无穷，这也是深山里生存的必需。”

“你这人说不来地让人敬佩，也让人爱。”金菊随意间右手拉着虎娃的左手说，“说你胆小吗！你和狼狍搏斗，说你胆大吗！见女孩儿像老鼠见了猫。我今天有意将你测验一下，看你的胆量和力量到底大不大。我的右手握你的左手,你的右手握我的左手，看谁的力气大。”

两个人的四只手握好后，金菊喊“开始”，只听四只手握出了持久的嚓嚓声，最终，虎娃的手劲赢了金菊，但这种赢只是一种表面现象，真正的赢家是金菊。她通过这一次男女间的握手比赛，使虎娃的心灵平静了，更使虎娃认识到男女之间都有一种埋藏在灵魂深处的相互恩爱的内心世界。趁此时机，金菊胆大地问：“我们女娃想男娃有时想的心情静不下来，你们男娃是否也有这种想法？”

“有，有的很。”虎娃两眼瞅着金菊笑了笑说，“有时想得心不静，睡不宁，见了女娃就激动。”

“那你现在激动不？”金菊问。

“不。”

“为什么？”

“你待我像兄妹一样亲，无话不说的俩兄妹，心情平静得像湖水。有啥激动的呢。”

“那就好，咱俩开始耍‘口婆口’中的拍拍手亲一口。”

“耍啥呀？”

“耍《房檐水》。”金菊说。

“谁先唱？”虎娃问。

“你先唱。”金菊喊，“开始。”

男：房檐水叮零当，　　　拍手
女：油饼馍馍泡肉汤。　　拍手
男：吃着吃着发心慌，　　拍手
女：眼泪滴到石板上。　　拍手
男：石板开花绊海棠，　　拍手
女：海棠河里洗衣裳。　　拍手
男：洗得净净的，　　　　拍手
女：槌得硬硬的。　　　　拍手
男：跟上大伯开会去，　　拍手
女：去时走的小山路。　　拍手
男：回来骑的大红马，　　拍手
女：大伯选成代表啦。　　拍手
男：你问代表能（做啥），拍手
女：人民当家做主啦。　　拍手

虎娃把“做啥”二字忘了，金菊赢了。虎娃把脸伸向金菊，金菊在虎娃脸上轻轻地亲了一口，虎娃幸福的心情全展现在眉眼的一笑中。

正在这时，银菊在戏台下大喊："流氓！回家要你妈去。"

金菊和虎娃听到银菊的骂声，赶忙站起来走到台前，看见王贵向村里走去。银菊在台下啼哭，金菊就问："咋啦？"

银菊哭着说："王贵耍流氓！我赢了他八次，每次我都轻轻地在他额头上亲。他赢了我一次，就抱着我的脸亲着不放，还想在我胸膛胡摸，是个大流氓。"

"以后别和他玩。"金菊说，"是他爸的霸权养成了他的目中无人，认为村上的一切都是他爸的，连书记有时都不给眼里放。以后别理他，你上来。"

银菊在台下捡了块砖头，准备上戏台上来，金刚从戏台西边走了过来。金刚是村上有名的老实娃，他爸是周围村庄有名的石匠，金刚未继承他爸的手艺，是金刚不乐意这门行业，也就学不懂这门手艺，可干起农活来是天生熟练和有力，是农业社年轻人中最忠厚老实的一名成员。金菊见他来了，就叫金刚过来，上戏台后面同银菊去耍，金刚也就在台下捡了块砖头提上了戏台，同银菊去了后台玩耍。

金菊回过神来想起有关虎娃当兵的事，就问虎娃："听说当兵的名额给你了，体检了没有？"

"体检了。"虎娃说，"不是书记金明的坚持努力，这个名额就轮不到我。"

"那还有谁争呢？"金菊说，"既然有人争，那就好事多为，问乡上再要一个名额不就对了。"

"要啥呢，听书记说，全乡十六个村，兵源名额只有十二个，四个村还是空白。咱村就我这一个名额，王村主任想叫他娃去，书记怕王贵在部队上丢了村上人的脸，坚持叫我去。俩人互不相让，最后由乡党委派武装干事来村上走访群众，了解我和王贵以往的表现后，才确定了我。说句心里话，不是书记坚持正义，我这次就走不了。”虎娃显得很得意。

“啥时走？”金菊也替虎娃高兴地问。

“再过五天就去县城集中。”虎娃记起了一件事说，“我走后，五保爷就交给你了。你闲了就过去看看，给他做做饭，烧些水。年龄大了，容易生病，没人管不行，就拜托你了。”

“你放心，我会管好的。”金菊说。

……

第六天，村上给虎娃披红戴花，叫虎娃站在手扶拖拉机前，书记村主任和敲锣打鼓的坐在手扶车厢的周围，锣鼓喧天地在村里转了一圈，然后再给县上送。村上人都庆幸这个爹妈早逝的孤儿能有今天，也是书记的功劳，村上的妇女有送衬衣的，姑娘们有送自己织的手帕的，男人们有给零花钱的，虎娃感动地流了幸福的泪，老婆们为虎娃缺爹少娘的遭遇而流着同情悲伤的泪。这场面，这情景在金山村有过几回？！人们的行动和表情，无声地表白了对书记金明成就了虎娃参军一事的赞美和认同。

金菊和银菊各绣了一双鞋垫，金菊在鞋垫上绣了“牢记党恩，保家卫国”八个大字。银菊也在鞋垫上绣了“别忘山苦，勤学上进”八个大字。两人站在街上，等着锣鼓队和虎娃站的手扶拖拉机走到身边时，亲手送给了虎娃，虎娃满脸像盛开的鲜花一样的笑容中包含着无限的感激。

虎娃被送到县武装部后，脱去了沾满黄土和庄稼气味的粗布衣裳，换上了雄赳赳气昂昂的军装，成了人民解放军的正式一员。

虎娃走后，金菊常去五保爷屋里，给五保爷洗衣服，缝破烂，打扫卫生，烧水做饭。五保爷有病了，就用架子车拉去乡卫生院看病，感动的五保爷要把金菊收为孙女，他给金菊买了身新衣服，在书记金明的见证下，认了金菊这个孙女。

八、改革开放暖人心　金菊银菊听爹训

正如金明书记所说的：别的地方早已分田到户了。金山村这种出人不出力的生产形式也应该到头了。金明书记的这种预言终于得到了证实。党的十一届三中全会后，人们的生产积极性和创造性逐渐被调动起来，党的改革开放政策得到了全国人民的拥护和爱戴。拉牛散社是为了让牛养精蓄锐，提高生产力，分田到户是为了唤醒沉睡的土地的灵性，让它多产粮，产好粮……

土地到户才两年，由于牛出力，人流汗，化学肥料撒田间，一亩麦子产两石（600 斤），比农业社吃食堂时的亩产 200 斤翻了三番。农民有了粮，肚饱不犯慌，多余的粮换来了城里人的钱，钱能使百业发展，赚来更多的钱。金山村靠山，满坡的绿草山花，极大调动起全村人养牛放羊的积极性。养奶牛的、养肉牛的、养山羊的、养奶羊的，满坡满沟的牛羊像绿草中开出的黄白山花，将金山村点缀的景色迷人。放牧人的歌声，宣扬着生活的美好与幸福，这歌声也包含着庆幸自己生存在了金山村。

今日的金山村，真像乔山老仙系在脐下的肚兜，这肚兜内装满了五彩缤纷的生活内容和旺盛的生命之源。山水依恋所释放出的热能，温暖出金山村的山清泉碧，也养育了金山村两千年的悠久历史。

“金山泉水养美人，美人出在金山村”，这不是外界人的浮夸，而是辈辈人名副其实的事情。美女坪就是历史的见证，但这见证也是封建社会葬送了众多美女生命的罪证，而今已是人民当家做主的新社会了，把美女作为牺牲品的时代不会再有了，每个人都有了宪法赋予的诸多权利了。特别是改革开放的政策，把人们都从禁锢的圈子里解放了出来，不再是印板式的队长派啥咱干啥，出门还得要请假。如今咱家的猴由咱家耍，我想咋耍就咋耍，每个人都在思谋着发家致富的计划，都在为这个计划的实现而创造着五花八门的来钱门路。

改革开放才两年半的时间，金山村南的商业街房像学生站队一样地站立了起来，一层的、两层的，一间的、两间的。这些经商房的高低与多少，以烘云托月的巧妙衬托出主人思谋与创收而得来的钱的多少。这些商店里不单是经营各种商品的，更重要的是经营人气的，因为经营这些商业的大多是金山村的美女们，她们以招展的身姿、美丽的容貌、常笑的眼神、风尚的打扮，时刻都在召唤着男娃那不灭的希望与追求，直惹得四州八县的俊男子总爱来这里寻找感情外交，选择终身伴侣。这种男才女貌的交相辉映的感情交往，使许多外地的美男子为了实现自己的梦想，不惜一切地拿着自己的余钱，在远地寻找购买低价的商品，给金山村的商户贩卖，他们得到了情利双赢。久而久之，他们把全国各地的杂品商货全都贩运到金山村的商业街，使商户们和他们都挣了大钱。相互的盈利把他们捆绑在一起，谁也离不开谁，谁若冷淡了这个贩运商，这个贩运商不再给他家运货，他家的生意就会一落千丈，为了笼络住这些人的身心，美女们用鲜花一样的容貌尽情地给人家送笑，洗衣，烫茶，送饭，让这些人心欢意愿地跟着她的商业运转。也有个别更甚的美女，看中了这个长相喜人、才智超群的商贩，男到女家，由政府发的结婚证来予以化解，使他们南腔北调的生活在一起，从而甩掉了全部的心烦意乱，专心致志地从南买北卖中挣了大钱。这就眼红了金山村和周围村庄的许多美女们,她们以骄阳似火的心术去精心选择自己的生存命运。有二十几位姑娘怀惴闯荡世界的雄心，穿着黑色的大裆裤，跟着穿蓝色牛仔裤的青年潇洒地走向了南方。

这些美女南流的原因，不只是金钱的诱导所致，还有一个重要的因素，金山村周围曾是西周灭商之前的京城之地。村南有封神台遗址，封神台坐北向南，北有西周将军庙，西有姜子牙庙，这些至今残存。这里曾是妾妃成群、歌女万千的地方，西周灭商促成了京城东迁，帝王贵族对原有的妾妃歌女的吐故纳新是在所难免的。这就使众多的美女遗留于此地，与此地人结婚生子，这种美女基因世代遗传，再加之美女泉的因素和杨玉环的影响，这里成了历代美女成群的地方。姑娘们一个个生得白皮细肉、身姿招展，柳叶眉、桃花脸，一双常乐有神的眼睛，瞅人一眼，情入三分。

南方人聪明胆大，敢说敢为，思想超前。当南方人看到来自北方的美女是那样的漂亮好看时，总想多瞅一眼这北方姑娘那圆润的身躯和鲜花一样的容貌，每当瞅一眼人家美女而得到美女那谢意的媚笑时，就神魂飘荡。他们便情不自禁把人家美女的形象扎根在心里。他们就不惜一切地来到这周原大地的美女之乡，美女们心乐意愿地用风韵的身材举驾着美貌的容颜，跟着大款们南下了。

金菊爹在金菊娘去厨房做饭时，把金菊和银菊叫到了他的房子。金菊和银菊看着爹那愁苦的面容，不知道她们犯了什么过错而被爹叫来，心神不安地坐在墙角的两个小木凳上。爹装了一锅烟，点着后狠狠地吸了两口，吐出的烟雾在眼前缭绕，化出无数个猜谜形的问号。爹在炕边上磕掉了烟锅内的烟灰，用不祥而又内含着关爱的眼神瞅着金菊和银菊问："村上几个女娃跟人跑了的事情你俩知道不？"

"知道。"俩人同时答。

"知道就好。"金菊爹那犯愁的眼神有了好转，"爹把你俩叫来的用意，你们现在也可能想到了，爹不想看到这丢人现眼的事出现在咱家，让人背地里耻笑又挨骂。"

金菊被爹的脸色和语气吓得有些怯怕，她用右手指戳了戳银菊的脊背，让银菊表个态，银菊用扑闪的眼睛告诉她：我不敢。

无奈之下，金菊向爹表了态："爹，你一百个放心，我和银菊决不会跟人跑了，但你也别说人家女娃的事。现在新社会了，旧社会父母包办儿女婚姻的时代已经过去了，现在提倡自由恋爱，只要男女双方说得来，看得上，心甘情愿，不说远近，就可以结为夫妻，共度百年。"

"咋能不说远近？"金菊爹瞪一眼金菊和银菊说"从那么远的人生地不熟的地方来咱这里寻女人，能说是好事吗？"

"听说来的人都带着未婚证明。"银菊轻声轻气地给爹说。

"这正说明了来人有问题，他有那么多钱，按理说，他们那里的女娃都争着跟，为啥还是单身。这更让人怀疑。"金菊爹警告两个女儿。

“那只能说明不是他们那里的女娃看不上他，就是他看不上那些女娃。”金菊说，“现在年轻人都变得聪明了，知道人生只有一世，在这一世的婚姻大事上，不像你们过去那样单纯向钱看、向富贵看。现在的年轻人大多数都恋爱恋感情，恋情投意合，只要两个人说得来、做事想法一致，不吵不闹、幸福一生比啥都好。有钱的人不一定能享受到你尊他敬，眉喜容笑的美好一生。但也有少数不讲爱情只爱钱的姑娘，她们为了能得到更多的金钱，心甘情愿地去给人家做情人。钱挣够了，回来给家里盖座二层楼，叫爹娘高兴，叫村上人羡慕，可知底的人背后耻笑。爹，你放心，我和银菊绝不做那种事，也不是那种爱钱不要脸的人。”

“对呀！”金菊爹眉开眼笑地说，“还是我女儿懂事。三十二行，庄稼汉为王，有地就能打粮，有粮心就不慌。钱财是身外之物，生不带来，死不带去，人活一生真正落下的就是吃穿和名誉。穷也一生，富也一生，只要家和万事兴，就再好不过了。千万别胡思乱想了。”

“爹你放心。”银菊说，“我和我姐都是你和我娘许给金旦和金刚的人了，金旦和金刚也都聪明能干，也是我们没啥嫌怨的理想之人。你就一万个放心吧。”金菊爹冲两个女儿笑笑说：“有你这句话，爹高兴都来不及，还有啥说的呢！”

九、银菊金刚述恋情　银菊洗浴遭狐惊

走了的冬天留不下，刚来的春天推不走。

山野的冬末已经走完了它枯黄的岁月，寒冷的劲风不再碰撞得山石颤抖出苍老的凄声。太阳的北移，唤醒了万物的灵性，新的一代绿叶青草覆盖了昔日的荒凉，显露着春的到来。太阳尽情把奶汁似的营养洒在大地上，树叶有了厚度，草木有了色彩，百花有了笑脸。飘浮在半山腰的云彩，像仙女下凡的彩带，装点得山景一片壮丽。

金山村人在这草木旺盛的季节，买回了大量的牛羊，以养殖业发家致富。金菊爹贷款买回了一头大黄牛，让儿女轮流去放养。这天轮到银菊去放牛，她看见人们都把牛羊给山坡上赶，她不想随大流，因为她正给金刚织毛衣，不想让人扰乱她的思维，毕竟是给未来的丈夫织的，毛衣的大小花样总得织出点特色，叫金刚穿在身上，暖在心里。所以，她把牛赶到没人去的美女泉北的沟道里，牛在身边吃草，她坐在草坪上织毛衣……

山坡上传来了金刚那蜿蜒高昂的歌声，扰乱了银菊的思绪：

妹在山下把牛放吆，
哥在山上挡住狼吆。
恶狼来了别后退吆，
喊声哥哥来帮忙吆。
羊儿逗情你别望吆，
小心情醉心发慌吆。
可别乱跑摔了脚吆，
疼在哥的心窝窝吆。

银菊被这山歌骚动得心神安定不下来，浑身翻动着燥热，金刚的身影老是在她眼前晃动。她站了起来，面对着山顶，也对着金刚，嗓子里滚出了朗朗的山歌：

天上的星星地上的泉，
星星落在泉里面。
天上的星星有多亮，
泉中的星星光对光。
看清了，认准了，
两个星星是一个（心）星。
天上的月亮地上的河，
月亮落在河水中。
天上的月亮静又明，
河中的月亮摇姿身。
看清了，认准了。
两个月亮是一个（心）星。

金刚的山歌是在寻找银菊放牛的地方，银菊的山歌昭示了我在美女泉旁，你来吧！

黄昏使美女泉沟北的小山坡变得极度辉煌，夕阳把橘红色的光芒洒落在大地上，大地上的一切生物都披上了艳丽的服装。金刚赶着羊群向美女泉北奔去，他心中的希望一点也没有遗在路上，而是直飞银菊的心上。

奶牛在山坡上卧下了，不时发出“哞哞”的叫声，催叫着主人赶它回槽。银菊坐在草坪上，身子不愿动，她看见了金刚，金刚正赶着羊从山坡上下来了，她的心像被一条绳子拴住了，一动就受不了。她寻思着，是不是每一个人都有一条绳子，拴着另一个人的心，大概都有，因为爱是天性，没有这个天性，就没有了世界。

“银菊。”金刚站在崖畔上喊，“怎么在这里放牛？”

“为等你。”银菊答。

“有事吗？”

“当然有。”

金刚把羊赶到一个土坳里，走来坐在银菊身后的草地上问：“啥事？”

银菊瞥了一眼金刚：“你怕我吗？”

“我为啥要怕你？”

“那你为啥不靠我身边坐？”银菊白着眼。

金刚挪到银菊的身边坐下，脸红得像关老爷：“我……我怕。”

“我是狼，会吃人？”

“你要真是狼，能把我小心翼翼、完完整整地软绵绵地咽下去，我才高兴呢。”金刚说得很心疼。

“那为啥怕？”银菊问。

“我是说我心里跳……跳得厉害。”

“能跳出来吗？”银菊虽然嘴里这么说，实际她的心也像打鼓一样咚咚响，“能跳出来我就一口吃了它。”

“那我不就没了心？”金刚笑了。

“你本来就没心。”银菊脸笑成了一朵鲜艳的玫瑰花，“真心叫都叫不到身边来，不像个男子汉，倒像个女孩子。”

“如果我是个女孩子那才好呢，不发那没媳妇的愁，还能今天去观察一个，明天去审查一个，后日去暗示一个，最后来一个三思五省，批准一个老实、心善、勤劳的男人。光光荣荣、体体面面地嫁过去。美美地、轰轰烈烈地过上一辈子，那才叫幸福。”

“那你看我批准得上你？”银菊瞪着大眼问。

“我从来没敢这么想过。”金刚看着银菊的脸色，“凡胎敢想天仙女？”

“我批准的偏偏就是你。”银菊把金刚的右手拉住，脸凑到金刚的脸跟前问，“难道山歌里的话儿你听不懂？！难道我费心费意织的毛衣把你的心都暖不热吗？”

“你父母会同意吗？我家里穷。”金刚浑身兴奋得有些颤抖。

“你个蠢货，我父母在我满月的那天，就把我许给了你。只要咱俩是真心，变鬼我也不嫁别的人。”

金刚抓住银菊的双手狠狠地捏着，银菊把金刚的双手挪到自己的胸脯上，金刚的周身生起了一股奔涌的激流，银菊的心里燃烧着狂动的火苗，两个人顺着草坡躺了下去，她的手在他的胸脯上摸着，他的嘴吻着她的脸，两张嘴终于对接在一起……

一对忘情的喜鹊，在这黄昏的景色中，改变不了异性相吸的兴奋，轻狂地跳跃着、欢叫着、眉来眼去着，全然不顾树下有人的羞耻。

金刚收不住了，他那不争气的东西终于启开了闸门，把“火”全部不剩地泄在了自己的裤衩里……

两个人坐起来后，喜悦骄傲的心情全展现在脸上。

银菊站起来说：“金刚哥，你给我看住人，我去女儿泉洗个澡。”

“你放心去，我坐这儿一心给你看人。”金刚打着保票。

银菊向女儿泉走去，金刚觉得裤衩湿，朝着银菊喊：“等等，我去草丛里把裤衩换下，你给我洗一下。”

“那你快一点，我正好没带毛巾。”

金刚跑入草丛中，将裤衩换下，拿去交给了银菊，自己又坐在原来的地方，专心地看着人。因为此时正是昼夜相交之时，洗澡必须有人看着。

银菊拿着金刚的裤衩向女儿泉走去，她握裤衩的手觉着了湿，她翻开看了看，心里不由得好笑：咋就激动得过了火。

就在银菊翻看金刚裤衩的刹那间，一只棕黄色的像狼的动物向银菊处奔来，银菊抬头一望，大惊失色地喊叫：“狼，狼来了……”她立刻转身向金刚处疯跑，金刚也拿上放牧棍迎面向银菊跟前跑，一边跑一边识别那动物是啥。银菊扑进金刚的怀抱，全身惊怕地索索抖动，金刚一边搂抱着银菊，一边瞅着这东西跑向何处。他看着看着认清了，这是只狐狸，这狐狸从一条崖缝里跑了进去，说明崖缝里面有它的窝洞。他惊慌的神情终于放松了下来，他趴在银菊的耳朵旁告诉她：“那是狐狸，不是狼。”

“刚才把人没吓死。”银菊“扑通”坐在了草地上，又软泥一样地躺在草坪中，把头枕在金刚的大腿上问，“狐狸不吃人？”

“狐狸不但不吃人，它最怕人打伤它，见人就躲。”

“那它吃啥？”

“专吃鸡。”金刚解释着说，“它一般白天不出来，晚上摸黑进入没院墙人家的鸡架下，用臭屁把鸡迷倒下来，叼回窝里耍逗后才吃掉。”

“难怪人们常说的口头语，你狡猾得像狐狸一样。”银菊的手在金刚的脸上摸了一把说，“照这样来说，你应该是狐狸，我是下蛋的鸡，你用像狐狸的迷气一样的山歌把我迷倒，然后由你来随意摆弄我，美死你了。”

“但愿咱俩都美，才能结出圣果，别说了，快去洗澡。”

银菊从金刚腿上爬起来，向美女泉边走边说：“狐狸哥，别看我洗澡。”

金刚不由笑出声来。

泉水温热、清柔，散发出一股股的硫黄味，轻盈的热气在水面飘拂，银菊站在泉水中，把金刚的裤衩当作毛巾，在下身擦着，在上身抹着，她那洗掉累和汗的身体是那样润白、细嫩，那露出水面的裸体和脸容，表现出了无限的清秀、娴雅、纯真和娇丽。她笑了，笑得是那样神秘和生动，她完全陶醉在这美女泉的温柔中，更陶醉在这黄昏的景色中。被夕阳涂染的橘红色的天际、山石、草木、山花，是那么娇美、那样迷人。

她思想着刚才和金刚的热恋，心里就甜。可眼前突然闪现出了王贵的影子，她的心一束，身子抖了一颤。

这世界上最可爱的是人，最可怕的也是人。

银菊走出泉水，穿上衣服，向沟口走去……

太阳被西山岭吞没了，夜幕开始降临了，金刚和银菊赶着牛羊回村了。

……

十、王贵夜偷金菊门　金旦适时救险情

二月的阳春，天宇像一个蕴藏着热量的大火罐，把满山遍野的绿叶嫩枝全拔了出来，这就使苏醒过来的昆虫和鼠蛇等动物有了食粮和藏身之地。随着小麦的苗盛，黑线鼠趁此良机不断伤人，人们都下地劳作，村上几个人得了出血热。金菊爹开始以为感冒发烧，感冒药越吃越严重，去县医院被确诊是出血热，住在了医院。由于病情严重，金菊妈一个人护理病人，儿女们不放心，就叫银菊和她妈都去护理。儿子金田初中毕业后贷款买了台四轮拖拉机，白天一趟晚上一趟地给盖房的用户拉沙石，饭都不在家里吃，给谁家拉沙石就在谁家吃，只有后半夜才能回来睡到天亮，就又出发了。家里也就由金菊一人看门守护。

晚饭后，金菊点亮了煤油灯，也在银菊的影响下，给未来的丈夫金旦织件毛衣。她拿起毛衣，针扦在手上转着花儿，毛线团儿在炕上滚着圈儿，她准备前半夜不睡地织毛衣，等金田哥拉沙石的车回来了再睡。她更想着毛衣早织成了让金旦穿上，金旦的身子暖了，她的心里也就暖了，所以她没关头门，房门闭着。

"吱"的一声，房门开了，王贵那高大肥硕的身躯立在了金

菊房子的中间，大扁脸上那贼溜溜的眼神直盯着金菊的脸笑着说：“听说大叔病了，这是八十元钱，足够大叔把病看好。”王贵一边说着，一边把钱放在炕边上，他坐在脚底的小木凳上。

金菊知道爹看病缺钱，但更知道这歹货心不良，就顺手把被子拉开盖在腿上说：“没说向你借钱，谢谢你的一片好心。”

“我是真心帮叔。”

“多少利？”金菊知道王贵这几年在村上放高利贷，赚了不少钱，村上人怀疑他拿他爸掌管的村留承包地款和收的特产税款放高利贷。怀疑归怀疑，拿不出证据，谁敢提这事，就是个别人有证据，身单力薄，也不敢冒险去惹村霸。金菊望着这驴打滚的高利贷钱，不得不问多少利息。

“没利息。”

“何时还？”

“不还。”王贵的贼眼笑给金菊看。

“借钱咋能不还？”

王贵起身落坐在炕边上，一只手伸进了被窝，要摸金菊的腿，金菊把腿缩了回去……

王贵目光灼灼地说：“我天天想着妹子，夜里梦着妹子，你晚上能给我一回，八十元我不要了。”

“咚。”金菊的毛线团儿向王贵的脸上砸去，没有砸中，落在地上旋转着，金菊的脸色煞白，眼睛里喷着火焰，她忽地跳下炕，拿起那八十元钱，照着王贵的脸砸去，她那索索抖动的嘴唇滚动出：“给我滚，有本事就开个铺店去挣钱，别再用放高利贷来诈村民的钱。”

“女人家总是女人，别不识抬举，给着不吃打着吃。”王贵背着手闭了两扇古旧的门，猛力向金菊扑去……

“咚”！两扇门被脚踏开了，金旦站在房子里……

王贵松了手，金菊“扑通”软倒在炕上，“哇”的一声哭了出来：“金旦哥，你咋不早来？”

“嗨！怪不得！”王贵丢掉了脸上的软像，那尖刀一样的三角眼直盯着金旦，“原来人家是早就约好的，我怎么就撞了人家的好事，罪过，罪过。”

“流氓。”金旦的拳头握得咂咂响，他真想揍这狗日的几拳，但为了金菊的名声，他只得忍了。

“我是流氓！”王贵的声音变得怯懦，“你不是流氓，黑夜来这里有啥不开交的事？”

金旦不愿再和王贵磨闲嘴，他告诉金菊说：“金刚从县医院回来，大叔的病已经好转，大叔和大娘叫你别再操心。医生说这病要看彻底还得七天住，还得交七十元住院费，我明天就把钱送去。”

“我娘再没说啥？”金菊问。

“你娘说叫你最近去我家同我娘睡，叫我给你看家，走，我送你过去。”

王贵沿着墙根溜了出去……

金旦拉着金菊向自己家走去。

一只羽毛华丽的山鸡，带着“呱啦啦”的遗憾的叫声，从他们的头顶飞过，去回归它们的窝槽，享受它们那幸福的情波。

十一、银菊处女怀了孕　难倒父母和医生

银菊和爹妈从县医院回来已经三天了，不知怎么了，银菊病了，这病说重不重，说轻不轻，她娘问她："哪里疼？"她说："啥也不疼，就是乏困无力，头晕目眩，口苦想吐，又吐不出。"娘给吃了健胃消食片，也不见效，已经都过了五天了仍不见病轻，金菊娘就招呼金菊在家做饭，中午和银菊一起去乡医院给银菊看病。到医院后看病的人很多，一位老年男医生看西医，一位中年女医生看中医，她们就排队看中医。那女医生给前面的三个人看完后，就给银菊号脉，一边号脉一边笑脸看着银菊娘说："你女儿长得太心疼了。"银菊娘礼节性地回敬说："丑女子有啥可爱的。"

这女医生号完脉后，满脸喜容地说："去妇科检查看看，查完了来我给开药。"

银菊娘问这女医生："没看是啥病，她这几天老是肠胃不好，一吃饭就想吐，乏困无力，爱睡觉。"

女医生说："不像是肠胃上的病。先去检查，完了再说。"

银菊和娘来到妇科室内，妇科室内只有一位青年女医生，这青年女医生问了银菊的病情后，给开了张尿检化验单，叫去做尿

检化验。尿检化验单出来后，银菊拿给青年女医生看，青年女医生看了化验单后，问银菊：“月经多长时间没来了？”

“五十多天了。”银菊说。

那青年医生恭喜似的说：“你怀孕了。”

银菊娘头脑嗡一响，险些昏倒在地，银菊将娘扶坐在检查床边，她不由得情绪激动地骂那医生：“你会看病吗？！连你们那化验都是错的，我没结婚怎么能怀孕？骗人都不会骗？”

“姑娘，你别激动，这样对胎儿不好。我可以百分之百告诉你，我们的化验和诊断是正确的。你不信的话可以明天去县医院检查一下，如果说县医院检查你没怀孕，我从后天开始就不看病了。”

“别那么说话，你不看病干啥去呀！”那位给银菊号脉的女中医看完了病人，听见妇科室声大得像吵架，就来到了妇科室，她告诉银菊娘说，“我号脉号出了娃是喜脉，才叫你娘俩来妇科检查，咋能说没怀孕呢？”

“娃还没结婚呢，咋就能怀孕呢？”银菊娘很难为情地给中医大夫说。

“那女娃应该知道是怎么回事。”

“我没和任何男的有过那事？咋能说我怀孕了呢？”银菊满脸委屈地说。

“这就怪了！”中医大夫说，“没那事咋能怀孕呢？我看了十多年病，还没经过这样的怪事。要不然再查一下子宫和处女膜来证实一下。”

那妇科女医生把银菊引进了套间的检查室，银菊娘和中医大夫在妇科室内等着。

那妇科女医生先从套间走了出来，满脸愁容地说：“奇了怪了，处女膜完好无损，还真的怀了孕了。”

银菊从套间走了出来，满脸的苦恼回滚出满脸的泪水。她坐在娘身边，哭个不停：“我没和人那个过，咋就怀孕了。”

“哭啥呢，刮掉就没事了么。”银菊娘给妇科医生说，“这种没底没面的怪胎不能要，医生，麻烦你给刮掉，一了百了，啥事都没了。”

“好我的老姐姐呢，刮宫容易，会留下后遗症的。”女医生很和蔼、很热情地告诉银菊娘，刮宫后子宫内膜会留下疤痕，以后生孩子有引起大出血的可能，所以先别急于刮宫，让孩子再好好想想，最后实在想不明白了，再来刮宫不迟。

银菊娘感激地说：“你真是个好医生，那就让娃再想想，实在想不来，还得麻烦你们给刮掉。”

“好我的老姐姐呢。”女中医说，“咱们为了慎重起见，把那精子的来源搞清楚为好，我知道你们是金山村的人，金山村有个美女泉，看娃和哪个男娃在美女泉同时洗过澡没有？或是在哪个浴池里，两人洗过澡没有？你们回去再好好想想，遇事别急，说不定还有柳暗花明又一村的可能，你们现在就可以回去了。”

……

十二、金旦爹妈遭厄运　金菊银菊双结婚

在回家的路上，银菊突然想起了她和金刚在美女泉畔谈情说爱，遇见狐狸的那一天。她要去女儿泉洗澡，金刚让她代洗湿透了的裤衩一事。她边走边将此事一点不漏地告诉了娘，娘骂她为啥不早说。娘让她回去后及时找金刚，问问看他那天在谈情说爱中是否跑了“羊”，然后将裤衩交给你去洗澡，你把这个裤衩当毛巾用，精子在温泉的水中，游离钻进了你的下身形成了你的怀孕，造成了今天的恶果。

银菊和娘走到村前时，娘一再叮嘱银菊：“你怀孕这事，在未搞清之前，不能告诉任何人，你爹和你姐都不能说。这是关乎你一生名声的大事。”

“娘你放心，我知道这事的轻重。我给谁也不会说，但金刚的裤衩一事，我必须搞清楚，这是关乎刮宫与不刮宫的大事。”银菊向娘保证。

“那你下午就去找金刚，一定要搞清楚。”娘叮嘱银菊。

银菊和娘回到家中时，金菊正在做午饭。爹不在家，金菊说：“爹去法门街赶集去了，中午不回来吃饭，我就随便做了些面条，

咱娘母三个就将就着吃一顿。等我哥拉沙子回来了，我再给下些面，也方便。”金菊娘用笑脸赞美着金菊的细心周到。

下午两点，金菊赶着牛到山坡上去放。银菊趁此机会去找金刚，她边寻边问，终于知道金刚在美女泉北放羊，但她的脚步没有了往日的轻快，心情也没有往日去见金刚哥的有缘来相会的快乐。脑子放射出的焦灼和忧愁，赶走了从前的喜悦。以前那种美好的滋味，只能成为一种过电影般的回忆。她今天来找金刚哥的目的不是谈情说爱，更不是要逗取乐，而是为了解脱一个难题和这个难题带给她的忧愁。她看到他了，他的羊群在山坡上吃草，他坐在美女泉北沟道里一块大方石上看书，她从草丛中蹿到他的身后，用细嫩的双手在一霎间扣住了金刚的两只眼睛。金刚知道是她，猛一下就逮住了这双传导醉人温情的双手，金刚扭斜地一拉，银菊就倒在了金刚的怀里。金刚像往常一样地启开温唇向银菊的脸上压去……只听“啪”的一声，银菊右手的一巴掌打在金刚的左脸蛋上，银菊的身体一跃，站立在金刚的面前，两眼的怒气直射向金刚的脸上喊：“你干的好事！”

“我干的啥好事？”金刚不解的两眼直盯着银菊问。

“你让我怀孕了，而且百分之百怀的是你的种。”银菊很自信地说。

“你是说梦话呢，咱俩个经常是表皮的爱，心灵的爱，没有做过一次真正的爱，怎么能说怀的是我的种？你别拿我做替身，你怀的谁的种，快去找你那心上人去。我心里烦，不想看到你，你快走吧。”金刚用烦躁的面容催银菊走。

“你也别猪八戒倒打一耙，我也不是笨得和猪一样，替你背名。当乡医院的妇科女医生，检查完我的处女膜和子宫后，惊奇地说：

‘奇了怪了，处女膜完好无损，子宫里还真的怀了孕了。’我听了这话，也感到事情重大，这事给天王老子说都没人信。我就叫她给我开了一张诊断证明。”银菊从衣兜里掏出诊断证明，摔给金刚去看。

金刚看完诊断证明，一把把银菊拉坐在他的身边说：“看来你是清白的，贞节的，让人没有可说的。可这娃是怎么怀上的，怀的谁的，天王老子都猜不来的一个谜。”

“这不是谜，是有人背的牛头不认赃。”银菊举着严肃的眼神说。

“谁？”金刚扭身斜脸地望着银菊问。

“你。”银菊大声地野气地喊。

“怎么能是我，难道说你是西周王朝的田母系先祖姜嫄圣姆，在野外踩踏了别人的脚印，就怀孕生下了中国农业的创始人后稷？！”

“你别胡拉乱扯，推卸责任。”银菊两眼直盯着金刚问，“那天我去美女泉洗澡，碰见狐狸的事你该忘不了吧？”

“忘不了。”

“就是那天，你递给我的湿漉漉的裤衩里装的什么？”

“是精液。”金刚有些不好意思地说，“咱俩在草地上耍逗的时候，我激动得收不住就‘跑羊了’。”

“那你为啥不说明，叫我拿上你的裤衩当毛巾用，我以为是汗水，就没在乎，拿上在下身擦着洗、揉着洗，造成了今日的结果。我真是有苦不敢说，有泪不敢流，你知道我心里有多难受呀！”

“怪了，这东西咋就隔着肚皮跑到子宫里去了？”金刚摸着头皮说。

“这并不怪。”银菊瞅一眼金刚说，“你想，美女泉的水温正接近人的体温，精子一进入这温暖的水中，就和在人体中一样，就如鱼得水，活跃起来。再说你裤衩里的‘羊’物中，最少不下几千个精子，进入子宫一两个，是很容易的事，也是无可争议的事。”

“照你这么说，这你百分之百是怀的我的娃，那我就有人叫爸了。”

“不是我这么说，乡医院那女中医，再三追问我和男青年一起在浴池里洗过澡没有，由此可以说明，就是你我都穿上裤衩，而在一个温池里洗澡，只要你跑了‘羊’，就有可能使我怀孕。”

“这太好了。”金刚一把把银菊搂进了怀里，在脸上边亲边说，“我父母整天想孙子想疯了，天天催我和你结婚，这真是想吃荞面碰上饸饹了，咱们可以立即结婚了，也不用我爹给你爹下话了，真是人喜天喜大家喜的好事。现在离元旦刚好还有十天，咱们就把日子定在元旦这一天，咱俩分头做好各自父母的工作。”

金刚回家后告诉父母：“银菊怀孕了，怀的是我的。”父母高兴得把笑声洒了满院子。

银菊回家后告诉母亲：“我和金刚谈了，我怀的确定是金刚的，我们也商定了结婚的日子，就放在元旦这天。”银菊娘告诉银菊爹，银菊爹先是有点吃惊和不悦，后来想了想，女大不可留，留下结冤仇，迟早是人家的人。就说：“日子都定了，我还有啥说的。你把该准备的衣服给银菊准备一下，叫女儿要高高兴兴地走入婆家。”

……

人说祸不单行，离元旦只剩五天时间了，金菊的婆家出了大事，金菊的公公金山得了出血热，可金山一直认为是感冒了，买了大量的感冒药和止痛药，在家里吃着，直到病情严重了才送去县医院。医生说感冒药吃得太多了，病情已经到了危险程度，医生抢救了三天没效果，第三天人就去世了。金山的婆娘刘珍在金山的尸体拉回家后，由于长期的熬夜伺候金山，高血压引起了脑出血也去世了。这种遭遇惊动了全村，人们都捐钱损物来救济，书记金明去乡民政所给要回来了安葬费，在全村人的关照下安葬了金山和刘珍。留下了金旦一个人怎么生活，书记金明给金菊爹做工作，让把金菊嫁过去，金菊爹说你和我想在一起了，银菊元旦结婚，就让金菊和银菊他们在元旦那天一起结婚吧。

元旦这天，金菊银菊和爹妈，以及金刚全家和金旦，大家在宾馆举行了结婚仪式。鉴于金旦家的遭遇和银菊的怀孕，亲戚朋友都未邀请。只请了书记金明和村主任王强，举行了个简单的结婚仪式，吃了一顿便饭。将金菊和银菊送回了各自今后长久生活的家里，成全了他们的婚事。

十三、王贵建成歌舞厅　村人骂街都议论

金菊对王贵的一句，“有本事去开个铺店挣钱，别再用放高利贷来诈村民的钱”的将语，激起了王贵开店的积极性，他以建饭店为由，走巷串户地向村民借钱，可他平日的所作所为，人们都心知肚明，谁敢把钱给狼口里喂。王贵借不下钱，就打起五保爷的主意，他知道五保爷闲了就去收废品、捡破烂，攒了不少钱，就去找五保爷借钱，五保爷本来不想借给王贵钱，在王贵的多次恳求下，五保爷想起他和王贵他爷王根田的交情，就狠着心借给了王贵能盖一层楼的五千元。

王贵那名为“贵妃饭店”而实为歌舞厅的两层楼房在村南的商业街盖成了：一层是饭店，二层是舞厅，舞厅周围套着十个小包间，装修得富丽堂皇、引人入胜。王贵不知从啥地方招来了十名如花似玉、美貌非凡的歌女。开业那天，村主任王强请了村上好多人，书记金明和村干部也都到场了，但没有请五保爷。儿子王贵说了，五保爷年龄大了，行走不便，来这种场合也不合适，饭菜就由王贵娘给送去，经管五保爷吃好。叫干部们和村上的相好来，一是品饭菜，二是看跳舞。早饭是羊肉泡馍，随到随吃，

午饭是八菜一汤，也没啥特别的。村上人给贺喜的炮声不断，早饭后，人到齐了，跳舞表演开始了，来宾们都落座在舞厅周边的包间门口，王贵不知从哪里请来十名男舞伴，和他招来的十名舞女跳舞。在二楼新装修的舞厅里、在优雅动听的曲声中，红、黄、白、绿的旋转灯，把一道道各式形态的灯光交错摔打在空间和地面上，不断变换着各人脸上的光彩，激荡出年轻人狂情的心态，这十位培养有素的姑娘们个子一般齐，长相都动人，举止都潇洒，笑容都可掬。轻柔的脚步，扭动着灵活的腰肢，展现着女性艳丽的特色。她们也是有意地，尽情地使用着上天赋予她们的女性天姿，把如火如荼的激情放射给各自的舞伴和观众，直弄得各自的舞伴和在场的年轻男性目光炯炯，头昏目眩，浑身燥热，欲火熊熊。有的年轻观众身如浮云心如浪，在迷人的舞曲声中，被激情冲昏了头脑，竟站起身来，跟在舞女的身后，学着跳舞……

自从“贵妃饭店”开业后，饭店的大喇叭整天吼叫着南腔北调的歌：“妹妹坐船头，哥哥岸上走，恩恩爱爱，纤绳荡悠悠……”这歌声日夜飞扬在金山村的上空，赶走了过去那安静平和的气氛，人们的心情都被烦燥所占领。大量的钞票被年轻人和女性爱好者送到了歌舞厅，良好的家庭气氛变成了爹娘骂儿和夫妻吵架。村上人三个一堆五个一群地都骂王贵不该建那歌舞厅，更骂那些借钱帮王贵建歌舞厅的人没长心，害得村上不安宁。

五保爷走遍村上不管到哪里，都能听到这样的骂声，他理解大家的心情，他用假笑向人们遮盖着内心的疼痛。他决心问王贵要回这五千元的借款，想捐给村上建学校，以挽回他的过错。可谁也没有料想到，他钱没有要到，反倒赔进去了他的一条宝贵的生命。

十四、五保爷服毒自杀　全村人流泪送他

五保爷的服毒自杀，像一声冲天巨雷，将美水沟西岸金山村的人们的思维都禁锢了。等到他们的思维复活之后，又像潮水巨浪一样在村里拍打流淌，冲荡得每一个人的头颅都在无法控制的矛盾之中翻腾。人们在电流一样的回忆中过滤着五保爷的一生，大多数人不相信五保爷会做出这样有损于金山村和他本人声誉的丑事，但五保爷的畏罪自杀，无法改变地证实了这件事存在的真实性。可人们都不愿意看到和听到有损于五保爷一生美德的事情和言谈，都在企盼着另一种无损于五保爷形象的事实出现。人们的这种矛盾的想象也就牵动出矛盾的争论：

"五保爷绝不是这种人。"

"五保爷说啥也做不出这种事。"

"都近七十的人了，能信吗？！"

"不信有啥办法，五保爷那晚去那地方可是有人看到的！"

"五保爷一生活得辉煌，临死前做的那事也壮举……"

"这也难说，他一生没见过女人，也够可怜的，领教一次，也有可能。"

“王贵不是个好东西，他不在村南办那歌舞厅，也就出不了这号事。”

一串串感人肺腑的乐曲，带着五保爷一生辉煌的、平静的也有不幸的经历，从唢呐口里像滚白豆似的滚了出来，每一个变调，都是一个动人的故事。尽管这次事件不少人对五保爷有着不近人情的议论，但这唢呐声向人们宣告着五保爷将永远不在金山村存在，马上就会被黄土地吞没。

黄土地养育了每一个人，当每一个人的血汗在黄土地上流淌殆尽时，黄土地又要吃掉他，用吃掉的肉体转化成新的有机物去养育新的生命。每当这时，亲戚朋友的哭泣是他们一种程序性的义务。这悠扬悲哀的唢呐声，冲击着全村人的灵魂，触动着每一个人的心房，刺伤着每一个人的眼底神经，人们无法控制地都在流着表达内心伤痛的泪水。孩子们的啼哭是他们知道不再有人向他们发糖和讲故事，老年人为失掉一位知己而动着感情，青年人用他们现代的生活内容衡量出五保爷一生的艰辛。妇女们心软，一回忆起五保爷一生的好事多谋和那经常惹人起笑的甜嘴，都三五成群被感情激得泪流满面。

村东的美水沟被今年的千古大寒封冻成一条弯弯曲曲的冰带，静静地躺在沟槽中，失去了往日的欢腾与水流奏响的乐章，变得一片死寂，与金山村人们此时那冰凉的心绪相差无二。只有村南王贵创办的歌舞厅，为了钱的流入而反常于全村人的情绪，大喇叭整天飞扬出南腔北调的歌声。

唢呐声以冲天动地的音量和戳人心灵的悲曲，向歌舞厅冲杀，以使人们保持住哀痛的情绪，将五保爷的灵车送往坟地。

灵车走出村庄，行在通往坟墓的大道上，人们像潮水般涌向了灵车。一双双炙热的眼睛，将含情的泪水一串串地砸向了大地，在铁板一样冻僵的土路上，烙出无数的麻窝坑。

五保爷的孙儿虎娃从部队请假赶回，他一身重孝，两手不停地拍打着棺材，声嘶气竭地哭喊着：“爷呀！冤枉，天大的冤枉，孙儿誓死也要为你辨明冤屈……”孙女金菊也一身白孝，哭喊着五保爷的冤枉……

这惊天动地的哭喊声，在美水沟两岸的凹崖上，碰响出一串串的回声：冤枉……冤枉……

五保爷的最大失误是不该进入“贵妃歌舞厅”去要钱，他计划中的茫然之行，造成了他自身的悲剧，也将全村人的思维引入胡乱猜测中，但多数人绝不相信所传说的事情，会真实地发生在五保爷身上。

可王贵在村支书了解此事时坚持这么说。还有歌女云小姐用动情落泪的诉说来证实五保爷作为的真实性。

最使人无法理解的是，王贵是五保爷最宠爱的人物，五保爷是看着王贵长大成人的，这就更将人们对这事的判断思绪搅得一塌糊涂。知情的人都知道五保爷与王贵的爷爷王维国有着情同手足的关系，两人自幼一起长大，长大成人后又一起加入共产党的地下组织。1946 年，他俩带领游击队转战乔山一带，将国民党一个团的兵力牵住鼻子，今日拉到东，明日拖到西，终于惹怒了敌人，要与游击队决一死战。最终在西府游击大队的支援下，游击队将敌人全歼于乔山腹地的兔儿沟。就在这次战斗中，王维国英勇牺牲，五保爷那高挺漂亮的鼻子，被敌人的一颗子弹打落在地上。王维国临死前托付五保爷：“强儿全靠你了。”五保爷满嘴的血泪横流说：“你就放心吧。”就是这句话，自然地造就了五保爷必须宠爱和照管王强及儿子王贵的关系。也正因为五保爷像亲儿一样地对待王强与王贵，而王贵认为五保爷无儿无女，所有的钱财应该理所当然地归他，不管五保爷愿不愿意，不管采取何种手段得来。但书记金明给五保爷领来了虎娃，打破了王贵的美好梦想。由于王贵总想在五保爷身上捞一把，便酿成了这起事件的发生，但王贵万万没有想到五保爷会做出如此绝情的事情。事件已经发展到死无对证的程度，王贵也就不顾良心地让更加绝情的事件发展到足以掩盖别人耳目的境地。

五保爷爱唱歌也是他在这次事件中如鱼上钩的原因之一，但他能练就如此清亮的嗓音，也与他的塌塌鼻子不无关系。他为解放战争奉献出美好的鼻子之后，人们便开始叫他塌塌鼻子，随着年岁的增长，人们就叫他塌塌爷，后来农业合作社化，塌塌爷因革命有功，成了五保户，人们也就叫他五保爷。至于他的名字，谁也无从过问，久而久之，他的名字也就被村人遗忘。五保爷常以塌塌鼻子而自感到荣耀和自豪，这是为国流血的铁的证据。但不管世事的农家女子，只爱美男子，不爱这徒有虚名且影响容貌的塌塌鼻子，没有一个姑娘愿意嫁他为妻，使他落得光棍一条，一人寂寞度生活。后来，村支书金明给他领来了孙子虎娃，五保爷的家里也就多了一份乐趣，虎娃也生得灵醒，将“爷爷”的喊声整天落在他的身后，惹得他整天眉开眼笑，宝贝似的宠爱着他。

虎娃的到来，尽管使五保爷那一潭死水的生活变得有了生气，但当他上山放牛时，看到别人的女人在男人面前挥发出久久不散的温柔多情，和男女间磁化出的干活不乏，便心里不由自主地苦酸出不该有的心猿意马。为了驱赶心灵上的邪念和结在脑海中的苦闷，他就去山顶上唱支山歌，唱出梦境中的山妹，唱出虚幻中的婆娘。久而久之，五保爷的歌喉洪亮，那黏黏稠稠的歌声把整个山野冲荡出一串串的回音，但这响亮的歌声却缺乏一种鼻音，而爱唱歌也爱听歌的这一点爱好却使他陷入了王贵与云小姐布设的圈套。这也怪他总是缺一个心眼。一九四九年后，政府将他安排在县中队当队长，他却要坚持回家种地，他认为天下太平了，种地也是干革命，竟不顾领导的劝导，偷偷地打起铺盖跑回了家。直到三十年后，省上调来一位省长，这省长原是五保爷的一名游击队员，一到任就向县长打电话，问一位名叫邵文轩的人近年生活境况如何。县长竟不知此人的下落，立即组织专人查找此人。忙忙乎乎的查找，跑遍了大半个县，才在金山村查出了五保爷就是邵文轩，革命战争时期改了名换了姓，他的真实名字叫金根田，他一人苦度日月。县长汇报给省长，省长亲自来县上设酒摆饭，要给五保爷安排工作，五保爷只领情，不服从。省长拿他没办法，最后决定由县民政局每月发给他五十元生活费，以保证他的晚年不受艰难，可他却推起个五十元买的旧自行车，追风赶雨地干起收破烂的行当，一干就是十年。十年的艰辛，十年的汗水，十年的干馍喝凉水，竟真的攒了一万元，正是这一万元，才使王贵垂涎三尺。

事情变得使五保爷束手无策的起因是他不该进入“贵妃歌舞厅”，但他当时出于无奈而走进贵妃歌舞厅是必然的选择。王贵借了他五千元不还，最后王贵又躲进歌舞厅不出门，五保爷实在无法，鼓起了吃奶的生劲，从王贵办的歌舞厅大门走了进去。王贵当年借钱时的理由是办饭店，如果当时言明是名为饭店实是歌舞厅，五保爷是绝不会借钱给他的。王贵借钱时的好话说尽，说孙儿就是您的亲孙儿，您老人家只要肯借孙儿五千元，孙儿以后挣了钱，加利偿还，您以后过了世，孙儿给您穿白戴孝唱大戏来厚葬您。五保爷叫他打了借据，言明不要利息，但一年后必须如数归还，一年后正赶上全县搞普九教育，政府号召全民捐资兴办学校，村上出了布告，捐款在五千以上的，将在校碑上留名。五保爷计划来筹划去，除给孙儿虎娃留五千元，把王贵借的五千元全部要回捐给村上建校，并给村支书报了数字，村支书高兴地坐立不安，在广播上向全体村民报喜，还专程去给乡长汇报了五保爷的壮举。乡长汇报到县上，县长立即派电视台的记者前来采访，要把五保爷的形象在电视台上显亮。可当记者知道钱没到位，只是一种计划时，便装好录像机回了县上。五保爷怪怨支书不该过早宣扬，村支书笑颜催五保爷的钱及时到位。五保爷就不停地去王贵家里讨账，王贵笑着脸报怨五保爷，不该将这些钱白送给集体，集体能管你以后的病痛衣食吗？王贵显出极为关心的神态说："只要你把这些钱交给孙儿，以后你就别去收破烂了。你搬来孙儿家里，孙儿把你当亲爷看待，吃啥穿啥全由你，大小事儿都不要你管，你只管欢度晚年，你老过世后，我全包揽，尽力厚葬。"五保爷忽地跃起身子，两眼射出的火舌在王贵脸上点燃。拳头在身前的桌上一砸，把王贵惊吓得思维混乱无章。五保爷宏腔大吼："我过的桥比你走的路多，你也别黄鼠狼给鸡拜年不安好心，我只说一句话，何时还钱？"王贵被问得张口结舌，半晌脑子里理不出一句话来。

"明天中午你来歌舞厅取钱。"王贵说。

十五、舞厅讨债找王贵　误入圈套遭冤枉

五保爷绝不会想到，王贵会在一夜之间给他布设好了如此毒辣的圈套，就是这个圈套，终止了他的全部生活，也终止了他的生命。当然，王贵设计这个圈套的目的，不是让五保爷去死，而是叫五保爷不再追要这五千元，但事情的发展无法控制地酿出了谁也没有预料到的恶果。

五保爷在白天里几次从家里走出，又几次退了回来。他想去歌舞厅找王贵，又怕人碰见说他老不正经。一直等到看不清人面目的黄昏，他才大着胆子走进了“贵妃歌舞厅”。在一楼餐馆里，他被一位小姐挡进了接待室。这小姐问他：“大爷，你是用餐还是上歌舞厅。”他告诉这小姐，“什么都不是，是来找王贵。”这小姐像是明白了过来，先招呼他坐在这里，递来一杯热茶，然后去打她的电话。小姐在电话里喊：“你是金局长吗？我是云雪，云小姐。你怎么这几天老不来我这里？难道你忘了咱们的情分！我想你不是一位逢场作戏的人，你应该以情意为重，我可是心上记着你的，我这几天梦里都想着你呀！你不来我明天就来你的办公室。谁问我是你的啥人，我就说是你的情人……”听筒里传出那男人

的声音:“你别来，你别来我们单位，千万别来，我明晚一定去你那里。”这云小姐哈哈大笑起来:“我就说么，你能不来吗?！你可得说话算数。”听筒里不停地重复着一句话:“一定，一定……”

云小姐这才撂下话筒,招呼五保爷说:“王贵哥下午去了县上,说是去要些钱,一会儿就会回来的。走时叮嘱我招呼好你。这里冷,二楼有暖气，咱们上二楼去。”五保爷忙说:“不了，不了，我就在这里等。”云小姐说:“这里杂人多，闲话多。”这一下倒提醒了五保爷，他没再多言地跟着云小姐上了二楼。

这是一间装修豪华的小包间，地上铺有红毛毯，墙壁是用具有保温性能的人造革包钉了的，屋顶是用带有花纹的刨力板隔成方块形。室内不见窗户，窗户被厚厚的红绒布包钉了，里面漆黑一团，只有屋顶和墙壁上几个带色的壁灯，现着一点能认出人面目的光亮。靠墙摆着拼在一起的十多个小沙发。这里确实是一个与外界隔绝的寂静和避嫌的极好处，对面的电视机和放在茶几上的两个话筒，向他说明了这就是包厢，有人称之为房中之房。难怪大款们都来这里消闲，这真是神仙来的地方。

云小姐提来两瓶水晶瓶的“西凤”白酒，端来两盘小菜：一盘花生米，一盘猪口条，还有一盒猴王烟。五保爷日常烦闷时也抿几口白酒，今日天气冷，五保爷并不推辞，云小姐倒满了两盅酒先给五保爷一盅，自己也端起一盅巧言劝酒:“王贵走时说了，不能慢待您老人家，说您就是他的亲爷爷。让我专门伺候您。”

包厢里的暖气使温度不断上升，云小姐已经脱掉了外衣只留内套。五保爷热得头上冒汗，再加几盅白酒的内力，穿的又都是棉衣，实在有些闷热得难忍，想出去走走，云小姐立即拦住了他，说这房子好进难出，现在正是来客人的时间，出去碰见个熟人，人家说你这么大年纪了还进这里，你有口难辩，往后怎么在人面前说话。这倒又提醒了五保爷，立即退了回来，闷也得闷死在里面。

云小姐把春潮翻滚的面容定在五保爷面前说：“咱们闲坐着喝酒还不如听听歌曲，消磨一阵时间。”五保爷一边喝酒，一边抽烟品茶地说：“也行。”云小姐就放了片子，电视亮了，音乐响了，歌是流行歌曲《纤夫的爱》。电视里出现了一个年轻女人，扭腰摆臂地在溪水里洗着玉白的身子唱着歌。五保爷忙喊：“关掉它，换个没有女人的片子。”云小姐不由得“扑哧”一笑说：“这里的歌片中都有女人，没有女人的片子没人听。您要是看不惯，就低下头听。”五保爷就低了头看茶几，歌儿听得倒还入境。人家到底是久唱歌的女人，歌儿唱得情真意切、打动人心。

云雪见五保爷对歌曲越听越有了兴趣，就有意放一些最常见的流行歌曲，五保爷低着头一心不二地听，听着听着竟跟着歌声哼了起来。云雪忙随着五保爷一起哼，又给五保爷不停地倒酒，五保爷的神志完全跟着歌曲中的感情走了，云雪倒的酒他都喝了，每一盅酒都喝出“吱啦”的声响。酒劲已经支配了他的身子，云雪已经控制了他。他每喝一盅酒都脸红耳赤地念一句：“好酒，好……酒，嘻……嘻……好酒。”云雪知道时间到了，该到她制造故事的时候了，这故事的编造费是昂贵的，王贵愿以两百元的高价让她去发展这个故事。但王贵一再叮嘱她，要顺理成章，不能粗野强行，千万别惹怒了五保爷。

一贯放荡庸俗的、大白天都敢在歌舞厅门前坐在男人腿上的云雪，右胳膊忽地拐过去，将五保爷的头拐进了她柔软的怀里，口红如同血迹般迅速地、连续地涂印在了五保爷的脸上，五保爷两眼血红地将云雪推倒在沙发上：“你想干啥？”云雪没有犯怒地坐起来，仍把满脸虚假的淫笑堆放在五保爷的面前：“你一生有谁白送给这样的情分？王贵哥说，你一生没有沾过女人味，我也就忍耻付痛地让你沾一回，你倒正经得超了群。老牛还不吃嫩苜蓿，那好，请你赶快离开这装满女人味儿的房间。”

五保爷让烈酒作践成斜嘴歪脖子，但仍不失正气，他破口大骂：“你……你个……死不……要……脸的，糟蹋我……我这大……年……纪的……人，你到底……是……打我的……啥……主意。”五保爷从沙发上挣了几挣，终于挣了起来，他那东斜西歪的身子挪出三步，就倒在厚软的地毯上，完全失去了知觉。

半夜时分，公安机关前来歌舞厅查巡，两个身着警服的年轻人一脚将五保爷踢醒后，五保爷惊恐地目瞪口呆，云雪赤身裸体地裹着个毛毯躺在他的怀里，他的两条胳膊将云雪的脖子搂着。这摆在公安人员面前的现实，使五保爷无法辩白，他脸色苍白，浑身颤抖，但不是对公安人员的惧怕，他明白过来这是王贵与云雪布下的一个毒辣的圈套，而他已百口莫辩。他无法忍受地不顾公安人员在场，一巴掌将云雪打出满嘴的鼻血。云雪要求洗脸，公安人员要她洗完脸立即回来接受审查，云雪捂着脸走了。

公安人员又给了五保爷狠狠的一脚，五保爷才将思维从对王贵与云雪的愤恨中转移到面前公安人员身上。他一改坚强的性格，把求人的双膝忽地跪倒在公安人员面前，痛哭流涕地说：“我是来讨账的，他们想赖账就设了这陷阱来陷害我。”

两个公安人员那牛铃似的眼睛说明了他们的不相信，但面对这老头儿的可怜相，他们的行为与言辞已有所收敛，低个子的公安说：“你不来歌舞厅，再毒的陷阱也陷不入。我们是奉命巡查歌舞厅，凡是晚上十二点以后留在歌舞厅的人，一律要罚款，何况你抱个小姐睡觉。”

五保爷仍自信地坚持说：“我对天发誓，这事与我无关。我没干什么见不得人的事。”

高个子的公安有些不耐烦地说：“背的牛头不认赃，抱住女人睡觉，脸上的口红就是铁证。你说也是白说，罚款五千，明天中午我们到你家里取钱。”

五保爷慌了，“你们别来我家里，别来我家里。”他以祈求的目光看着公安人员说，“咋就罚五千，这么多？！”

高个子的公安调换出全部的白眼仁瞅五保爷：“不认罚也可以，带走，拘留十五天，在电视上亮相，让全县人都知道你这大年纪了还进包厢玩。”

五保爷两眼“唰”地滚出泪水来，他知道有冤难明了，更拗不过公安人员，只得认命地说：“我认罚，我认罚，就不能少点？！”

“一分也不少。”高个子的公安人说。

低个子的公安给了五保爷一个面子：“看在你年纪大了，我们就替你保密。罚你的五千元，我们也不去你家里取，今天是11月6日，限你在11月10日前将钱留在贵妃歌舞厅，不然，我们将立即拘留你。”

“王贵欠我的钱，你们让他替交五千元。”五保爷终于给了公安人员一句话。

两个公安人员走了，他们骂那小姐洗完脸不回来接受审查，声言去找她罚款。

五保爷双手捂住脸面，两腿拖着沉重的身躯和杂乱无章的思绪，疯疯癫癫地跑回家中，一头栽倒炕上，再也爬不起来，泪水不由得簌簌而下。

十六、王贵设下亡羊计　最后套的是自己

五保爷惴惴不安的心情和丢人现眼的自愧将自己禁锢在门户紧闭的房中，他两天两夜睡不宁吃不下也不出门，金菊给做的面条他只吃了半碗，金菊问他咋咧，他说好着呢，金菊走后他又关上门睡觉。隔壁的金五老汉，两天没见五保爷出门，怕五保爷生病无人照管，去看五保爷的动静。他推门不开，叫人无声，他以为五保爷脑溢血了，便慌了手脚，去街上喊人，一下子来了满院的人，将门砸开后人们才发现五保爷还活着，但有人细看："五保爷脸上哪来的口红？"金五老汉细看，明白了八九，忙招呼大家："快回，快回，没事没事。"

可站在院中的金猪旦知道有事，他那晚拉肚子，亲眼见五保爷半夜时分从"贵妃歌舞厅"跌跌撞撞地跑了出来，随后出来了两个公安，其中的一个公安说："今晚罚五保老汉的五千元，最少咱得分他两千元。"那两个公安上了出租车，出租车一溜烟地开走了。金猪旦很是吃惊，怎么五保爷也进包厢玩，整整罚了五千！可见玩得过了头。男人有钱就变坏，连五保爷也变了，人呀！难说。现在的公安也胡整，罚款竟要私分那么些！更使金猪

旦无法理解的是公安怎么不开警车坐出租车。金猪旦知道五保爷的人缘，没敢胡说，只偷偷说给了他女人，可这女人经常是人闲嘴不闲，竟把五保爷进包厢玩的事在村子里单线传播着，传播到人人皆知、众人议论的程度。

五保爷整整七天没出门，肚子饿了有金菊做饭，吃饱肚子又睡觉，将人愁闷得瘦了大半。村支书知道了此事，去和五保爷拉闲开心，但始终未提歌舞厅事件和学校捐款的事。最后，他终于将五保爷请出了屋门，五保爷开始去村外散步了，收破烂的事从此不干了。

王贵去找五保爷，提着一大包夹心饼和一瓶泡着人参的太白酒，一进门就跪倒在五保爷面前，哭脸掉泪地说："怪孙儿不孝，那晚未及时从县上赶回，让您出了那事。公安局罚了您五千，也罚了我五千，我都向人家交了。不然，我怕风声传出去对您不利。"

五保爷二话没说，提起炕耙就向王贵的头上砸去，王贵一闪躲了个急，拔腿跑出了五保爷的家。

一浪未平一浪起。

二十天的度日如年，五保爷的心情终于有了平静。那天早饭后，五保爷去村外散步，走到金猪旦家的门前，听见金猪旦的女人正在院子里大声野气地给村上几个妇女讲特大新闻，五保爷就躲在背眼处耸耳恭听。金猪旦的女人说："五保爷那老不要脸的，人老了那个东西没老，给歌舞厅那个云小姐肚子里装上了娃娃。"有个妇女问："你咋知道的？"金猪旦的女人拍着大腿笑着说："巧极了，我昨天去县医院看病，正碰上那云小姐也看病，她不认识我，医生也不知道她在歌舞厅工作。那女医生说：'恭喜你，你有孕了。'那云小姐从医院出来，王贵在外面接着，我戴上个大口罩跟在后面，听两个人说要叫五保爷出刮宫费和青春补偿费什么的。这事还能有错？”

五保爷只觉头颅嗡的一响，便倒在了金猪旦家的门前。街上有人看见，大喊快救人！金猪旦的女人从院内跑出，一看是五保爷人事不省地倒在门前，那几个妇女就猜出了是五保爷听见院内说的话，都把不悦的眼神投向了金猪旦的女人，自己也吓得脸色苍白。金猪旦的女人慌了手脚，她知道责任的重大，忙取来一根细苗针，从五保爷的鼻下人中穴扎了进去。五保爷吭吭了两声，醒了过来……

金猪旦那煞气腾腾的脸把女人禁锢在屋子里，看着女人在自己的嘴巴上打五十下，重打的金猪旦给算数，轻打的不算数。女人打到三十下，嘴唇翻大得如鼻子高，满嘴的鲜血向出渗，女人给金猪旦跪下，金猪旦也不放过她那轻狂的嘴，看着女人在惨叫声中打够了五十下，方才罢休。金猪旦日夜陪伴着五保爷，怕五保爷想不通出了事，他叫女人按时给五保爷送饭。女人为了消灾免罪，也就一顿一个花样地敬奉着五保爷，五保爷的气不由得消了大半，但他这次彻底不出门了。

这天中午，邮递员送来一封挂号信，五保爷叫邮递员拆开念，邮递员只看不念，后来竟跑出屋子走了。五保爷虽只念过两年私塾，在县中队工作的两年中，在识字班也学了不少字，这十年的收破烂记账算账，更使他对字有了多一点认识，读个信还是可以的。他的目光刚落到那两片信纸上，就碰出无限的气愤与伤痛，心中的火焰直冲得浑身索索抖动。这哪里是信，这纯粹是为了万能的金钱，从那罪恶淫溢的“贵妃歌舞厅”送来的定时炸弹。五保爷双目呆呆地看着这两张信片，一个是县医院给云雪开的怀孕诊断证明，一个是云雪说五保爷酒醉以后奸污了酒醉不醒的她，使她怀孕。云雪要求五保爷付给她一千元刮宫费和五千元青春补偿费。五保爷气得咬牙切齿,头晕目眩。满腔的冤气在肚子里膨胀，变成一把把锋利的刀子，切割着五保爷的心，苦闷、自愧、悲伤、气愤在胸口左冲右撞，却无处可去，如美水沟被千年大寒冻结的厚冰，五保爷的心灵失去了活力，只有无法理解的冰凉。是王贵与云雪砍断了他的生活之路，使他再没脸见人，他有千张口也无法辩白，跳进黄河也洗不清。他真想杀了王贵与云雪，可自己力不从心，只有将无限的悲怆和冤屈在心中膨胀，使他一天一夜无法入眠。

第三天夜里，王贵的贵妃歌舞厅起火了，凶猛的大火如火山爆发一样在歌舞厅的大楼上跳跃，将包厢里一对对意兴正浓的男女从歌声舞步中赶向奔波逃命的疯狂哭叫中。村支书将挂在老槐树上的铁铃打得破天响，但缺少文化娱乐细胞的老一辈庄稼人，早就对这烦人的整夜不停地喊爹叫娘的歌声产生了强烈的愤恨，他们阻止自己的儿女去救火。村支书在街上大骂，谁家不去人，以后家里失火烧死人村上也不管，这才将人们喊醒了过来，立即去了一部分党员、干部和青年人。村支书带领党员、干部奋不顾身地救出十八个人……

大火扑灭后，人们在歌舞厅二楼的巷道里，发现了一只被大火烧死的哈巴狗。人们都认识这狗是王贵歌舞厅养的，死狗肚子贴住地面的一侧，还残留着未烧完的纱布块，由此断定，火源是由这狗带入歌舞厅的，是有人将这狗用极香的诱饵，引出歌舞厅，在狗肚子上缠了厚厚的纱布，给纱布上浇了汽油，再点燃汽油，狗的全身起火后，冲向了歌舞厅。狗在疼痛的号叫中如一团滚动的火球，流动于歌舞厅的一楼二楼，它在寻找着自己的主人王贵，以求对自己生命的挽救，但此时的王贵，正与云雪流动在“极乐世界”的云雨之中……

第二天清早，村上传出了惊人的消息：五保爷服毒自杀了，1605农药的瓶子放在身边。令人奇怪的是他身上有一股很浓的汽油味，金猪旦怕人们臭到这汽油味，急忙用肥皂水给洗净了身子，汽油味才淡了。村人们潮水般地涌向了五保爷的院子，随后就是满院的哭声大起，但金猪旦禁止人们进入房子。五保爷的孙子虎娃也从部队请假回来了。

在安葬了五保爷的第三天，五保爷的孙子虎娃和孙女金菊，将县法院请进了金山村，王贵和云雪被推上了被告席。在死无对证的情况下，云雪在王贵的指示下，一口咬定说她和五保爷酒醉后，五保爷在她昏迷不醒中奸污了她，使她怀了孕，玷污了她的青春。法官便请虎娃聘请的律师当众宣读了三个证件：一是五保爷前五年在省城住院的医疗证明：五保爷因阴茎癌而施行了阴茎全切手术。二是县公安局的证明，11月6日晚，县公安局并未对“贵妃歌舞厅”巡查过，所谓的公安，是两个假公安。三是律师的取证调查结论，五保爷因急于向普九建校捐款，而向王贵追要五千元借款，王贵想赖款不还，由他主谋策划，云雪出面主演了这起陷害五保爷的戏剧性的事件。法官宣布：县法院的取证与律师宣读的证件内容完全一致，并宣读了五保爷的遗书，全部存款和王贵借去的五千元，除留给虎娃三千元，其余全部捐献给普九建校……

人们都把对五保爷的思念变成滴滴悲伤之泪，金猪旦的媳妇哭得出了声，她想用这泪水来偿还自己所欠五保爷的罪债。

两天后，一辆警车驶进了金山村，将王贵和云雪拖进了车内。同时带走的还有两名假扮公安的“黑社会”人员；王贵被判了两年刑，其他人做了拘留罚款的处理。

“贵妃歌舞厅”从此听不见了歌声，金山村的夜晚寂静得令人甜梦不醒，像封冻后静静的美水沟一样安宁，这安宁中的蓄精养神，是为了明天的复苏与奋进。

十七、父子二人拉石料　舍己救人风格高

挣了大钱的人骄傲地叫小轿车把人驮了回来，挣了小钱的人兴奋的屁股压着摩托车满村子冲。金田的心也静不下来了，像喝了西凤大曲，烧得躺不宁、坐不定，最后金田托舅舅在乡信用社贷了五千元，买了这辆四轮拖拉机，给建筑工地和村民建房拉沙子。

昨天晚上，金菊爹金正做了一个噩梦，梦见儿子金田把车开到美水沟里去了，车翻到沟底，摔成许多碎片，金田身子压在车厢下喊人救命，金正自己在睡梦中大喊着惊醒，吓出了一身冷汗。第二天非要跟车拉沙石，儿子犟不过他，只得让他跟车。那是第三天出车，金田开车和父亲去五十里外的渭河滩拉沙子，沙车装满后没停向回跑，跑到法门寺南，车前的惨景使父子俩面色煞白：一个被汽车撞伤后丢下的大姑娘横躺在柏油路上，这姑娘已不省人事，父子俩二话没说将这位姑娘拉到了法门镇医院，医生说："这姑娘脾脏撞伤，内出血太多，要做手术，O 型血没血源。"

金田的胳膊一伸，说了声："我是 O 型。"叫医生抽走了 400 毫升的血，这姑娘才被送进了手术室……

金田从这姑娘衣兜的信封上知道她是金田村人，更知道了她

家的电话号码，不停地按地址给姑娘家中打电话，父子俩怀着忐忑不安的心情等待在手术室的门外。

这姑娘的父母赶来了，那老婆随着“天哪”一声号哭，就把一口唾沫送到金正的脸上，又哭又骂：“你个瞎了眼的，把我娃撞成这样，我和你没个完……”

金正的脸上没了救人的自豪和光彩，顿时缩成很多凌乱不堪的沟壑，随着“啪”的声响，那老汉把五个指印落在了金田的脸上。老汉颤抖着身子，赤红着眼珠子在骂：“你狗日的把车给我玉英身上开，你长没长心？”金正和金田的眼睛瞪得像牛铃，把舍己救人的骄傲和自豪全都咽进了肚子里。

金田很无耐地告诉那老汉：“不是我们碰到的。”

“碰不到能伤得做手术？”那老汉越发地凶起来。

“是别的车撞了人跑了，我们为救人把她送到医院，你真是瞎好不分。”金田有点气愤地告诉老两口。

“哄三岁娃去，没撞人能把人拉到医院，有这德行？”这老汉手指着金田喊。

“天地良心。”金正气得在胸脯上砸了一拳，“人没良心要遭天谴的。”随后，这姑娘的亲门户族和村上又来了十几个人，都把怨恨的目光和恶毒的话语丢向了金正父子。

在这姑娘未醒来之前，金正父子俩被作为人质，叫这姑娘的家属扣留在医院里，父子俩在医院的排椅上睡着不愿睡的觉。

这姑娘终于醒过来了，她说是辆东风汽车撞了她，她责怪父母亲不该错怪好人。

玉英的父母“扑通”跪倒在金正父子的面前，涕一把泪一把地赎罪说：“全天下找不到的好人，我不该错怪你父子，不是你们，我女儿早没命了，大恩人，大恩人……”

金正和金田赶忙扶起了玉英的父母，金正看着活了过来的玉英，神情灿烂地说：“天下人民是一家么，咋能见死不救。”

玉英望着金正父子只流泪，不说话，那白嫩的脸蛋和惹人心悸的眼神里滚动着感激的热泪。

玉英娘问金田：“你是啥村人？”

“金山村人。”金田说。

“金山村有个妇女叫耿秋，和我在美女泉洗过澡，一胎生了两个美女，和我玉英同月大，你认识吗？”玉英娘问。

“那是我娘。”金田说。

“这真是神灵保佑，好人遇上了好人，救了我女儿一命。”玉英娘感激地说。

金田在玉英住院的日子里，先后三次去医院看望玉英，两人说了很多话，就像早年就已认识，只是等待一个机会重逢一样……

十八、两人挣钱为退婚　金田致残瞒玉英

玉英出院后，经常骑着自行车像狂风中飘旋的花瓣儿，飘到金田家。为了报恩，她要认金正为干爹，认金正的老婆为干娘，金正夫妇咋能不从，打从认了玉英这个干女后，老两口的两张方方嘴总是高兴得合不严，脸也喜得展不平。玉英一来，又是洗衣，又是做饭，把个“爹妈”二字经常撒满一屋子，把个金田哥叫得比啥都响。金田玉英的眼神每次向一起一勾，两人心中那弯弯曲曲的心事，像毛毛虫一样，搅得两个人站不稳，坐不宁。后院梧桐树下那块大石条成了金田和玉英天南地北谈天说地的场所。老两口也不在乎兄妹俩的狂言戏语，行迹动态。

日久天长，金田娘对金田和玉英的兄妹关系有了意外的感觉，这使金田娘既吃惊又高兴的感觉得到证实之后，金田娘和金正便对这兄妹俩的言行开始了怀有甜蜜希望的偷听和注意。

这是一个初春的傍晚，只有屋内的灯光从窗框间射出来，把夜空分割得七零八落。

金田和玉英又坐在后院那块大石条上，相互猜测和试探着对方的内心世界：“金田哥，你说真话，你到底爱我不爱？”玉英的

语音绵绵。

“爱你能怎么，不爱你又能怎么！”金田的语情淡淡。

“难道你不是个男子汉？”

“我是个男子汉，也是条汉子，我也需要妻子，可我需要的妻子不是你。”

“瓜娃。”坐在炕上侧耳细听的金田娘，气得不由得出了声，“弹嫌枣儿没核核。”

金正一手捂住了耿秋的嘴，小声小气骂老婆：“你失急得抓天呀，谁不知道玉英长得乖，心灵手巧人又勤，谁家不盼望有这么个好媳妇？心急吃不了热豆腐，你就慢慢听，别出声。”

后院又传来说话声：

“我丑？”玉英的话音硬邦邦。

“不丑。”金田的话语软塌塌。

“配不上你？”

“不，是我没福分。”

“为啥？”

“前天我去过你家里，你父母拿出五百元要谢我。”

“你收了？”

“我就那么不值钱。”

“我父母的好心你要理解。”

“可偏偏这不是好心，你父母叫我今后最好不要上你家来，再不要理睬你。说你已经有了婆家，不然，与双方都不好，会叫人背后说风凉话。”

“我是有个不明不白的婆家。”玉英的声音有点颤抖，“可那是父母认定的，我不承认有这个婆家。那男的是个包工头的儿子，身子的尺码还算不差，可他身上有一种盛气凌人的寒气，而且大脑先天不足。这个只有小学二年级文化程度的花花公子，口口不离他爸钱很多，说舔他爸尻子的人很多，连当官的都舔，说谁要和他结婚，就要像舔他爸尻子的人一样，乖乖舔他一辈子尻子。”

“有盛气的人不一定不聪明。”

“一肚子的空气，没有实物。他除了爹妈也就认识钱，根本不懂啥叫感情。他那迟钝的神经根本不懂得感情是何物。”

“这么个洋旦，你爸为啥要把你嫁给他？”金田的声音高起来。

“他爸有钱，交了不少酒肉朋友。”玉英的声音低下来，“我哥是个民办教师，人家要精减，他爸差人给我家捎话，如果能把我嫁给他儿子，他可给乡长打个招呼，不但不精减我哥，我哥还可转为铁饭碗，我也什么都不用考虑，结婚后也安排个教师工作，再给我爸两千元的彩礼。我妈那年偏偏得了类风湿，要住院没有钱，我爸就拿了人家的两千元，为了我母亲的病，我当时不敢哭闹，只想等我母亲病好了，再想法子。”

“使了人家的钱，还有啥法子？”

“逃婚！”玉英的语音坚定刚硬。

“向哪里逃？”

“广东。咱们在那里生活上几年，生米做成熟饭，再挣些钱，到那时回来人家也不会再要我，我父母也有话说不出来了，再说这婚姻也未进行订婚仪式，只是这两千元的牵扯。咱再还了人家的两千元，他还有啥说的！金田哥，你不能再犹豫了。”

“使不得，使不得。”金田爹在炕上喊出了声，“玉英，金田，你俩来，我有话。”

玉英和金田来到房子，坐在炕对面的长木凳上，低头沉思，闭口无语，等待着金田爹的话。

金田爹那大铜烟锅里的火苗，随着口劲的用力，火亮不断地增加，吐出的一团团烟雾在眼前聚变成一幅幅无法猜清的图案。金田爹终于磕掉了烟锅里的烟灰，瞅了一眼坐在对面的玉英和金田说：“你俩的事，我和你妈都听到了。说句心里话，我们都盼着玉英能到咱家来，也盼望你俩成为一对儿，咱们也有个幸福的家庭。可咱不做没良心的事，你家用了人家的两千元，叫人家娃再娶不上媳妇！咱庄稼人最讲的是良心，咱不能干这缺德事。以后你俩只能是兄妹关系，这事不准再提了。”

“爹！”玉英抬起沾满泪水的脸,哭丧着说,“女儿只说一句话，我死也不跟那样的男人，活也不嫁那样的汉子，除了金田哥，我谁也不嫁，就是割了头，心也不变。”

金田爹低了头，又抬起了头，他问玉英：“玉英，这男娃叫啥，他家住啥地方？”

“我就没问，我不同意这门亲事，问他做啥？那男娃来过我家一回，是个连话都说不顺的傻货，听说家在什么镇。反正又没进行过订婚仪式，只是我爸一个人的意见。”

“那人家娃见不上媳妇，两千元白丢了不成。”

“爹，我还他两千元。”金田望着父母的脸，说得坚定不移。

“两千元从哪里来？”

“我已经和省城的一家砖厂联系好了，我开上‘四轮’去这砖厂运砖，一年下来也能挣个三五千元。玉英说她在家办个养鸡厂，也能挣个千八百的。”

“可人家要人不要钱，到时咋办？”金田爹提示玉英和金田。

玉英站了起来，显示出极度的自信说：“爹，父母包办的婚姻不受法律保护，只要我亲自将两千元还给他家，言明我一直不同意这门亲事，这官司打到天尽头，咱是赢的，但在此以前，一定要保密。”

金田爹不再说话，陷入了久久的沉思和极度的忧虑。

忽地，金田爹的心脏病复发，昏倒在炕上……

金田赶忙从父亲的衣兜里掏出速效救心丸，给爹嘴里放了五粒，爹终于醒了过来。

全家人一时都没了兴致……

金田去西安南郊西兴砖厂拉砖已经两月多了。

一封加急电报，把个铳王金正惊得目瞪口呆、失魂落魄，儿子的一条腿被砖机夹伤了，不知伤势如何，起码伤得不轻，不然，住不进省城医院。他怨儿子不该没命地干活，儿子曾在信上告诉他，白天拉砖，晚上在砖机上干活。为了早早凑够这两千元，儿子没黑没明地加班加点。为了将来的美好，却带来了今日的惨痛。怨谁呢？怨当时不该救玉英？可救人一命，胜造七级浮屠，能不救吗？怨金田不该追求玉英？可连老伴都想着这美事，还说金田呢？怨玉英不该认咱为父，可玉英心灵那么善良，知情达理，能不认这个干女吗？怨那包工头不该以两千元的大礼买下了玉英？可人家有钱，有钱能使鬼推磨，那是人家的事，与咱何干？怪谁呢？只怪咱命中注定，人穷多灾难，吃舍饭打了碗，穷命穷难。

金正没敢告诉老伴，只说是去省城有点事，简装上路，搭车直奔省医院……

金正到了病房，揭开儿子的被子一看，儿子的半条腿彻底不见了。他不由得周身筛糠，腿抖手颤，索索跳动的嘴唇只一声大叫：“天爷爷！”便栽倒在地，人事不省……

金正被医生救醒后，哭天叫地："皇天不睁眼呀，咋日下这麻达，叫我娃今后咋活呢……"金正止痛收泪，举着沉重的面目，在伺候着儿子……

到了第七天，儿子的病情稳定了些，金田把爹叫到床前，涕一把泪一把地求父亲："爹，我已伤成这样，一生没了希望，我不忍害了玉英一辈子，我只求你一件事。"

"啥事？"

"你回去后去一趟玉英家。"金田的说话声隐埋在啼哭声中，"你，你就……说……我……死了，在省城……火……化了。告诉玉英的父母，给玉英找个她满意的对象，强扭的瓜不甜，人一辈子呢……"金正一把抱住儿子，父子俩哭得声嘶力竭，但这哭声中却暗暗地放射出一种常人未省的高尚和纯洁。

金正整整一夜的苦思冥想，经过对金田玉英今后生活的假想，对心灵中美与丑的回味，对人生中甜与苦的衡量，他同意了儿子的请求，决定立即回家，对玉英进行善意的欺骗。

金正离开省城的第三天，就来到玉英家。

金正把被血泪浸泡了的田娃遇难的事情说给了玉英后，像是一声晴天巨雷，把玉英炸得头昏目眩，心缩肝动。只听玉英一声"苦命的金田哥"，便昏了过去，知觉丧失……

玉英的母亲用一苗针将玉英扎醒后，玉英哭得肝肠寸断、心碎气竭，躺在地上不停地喊："金田哥，你等等我，金田哥，你……"

金正和玉英的父母都流出了沉重的泪水。金正一再叮嘱玉英的父母，玉英的婚事要随玉英的意愿，不能苦了孩子一辈子。

此后的日子里，玉英变得愈发憔悴消瘦、沉默寡言，眼神茫然而呆板，精神时好时坏。

不识时务的玉英父亲，感到了事情的不妙，叮嘱家人不得泄露玉英的精神状态，禁止玉英出门，随即去找那个包工头，以第三者插入这门亲事为由，秘密商定了抢娶玉英的日子和方案。

十九、金旦猎狐误伤人　翠翠说情了事情

金菊和金旦结婚后，开始对这新的环境以及所有用具都有一种陌生感，慢慢随着时间的消磨，这种陌生感被爱的刺激取代了，她接受了也热爱上了这个新家。她为这个新家的面貌改变做着自己的计划，为了实现这些计划她整天忙这忙那，而且干活有热心、有耐心、有兴致，她和金旦的感情一天天在加深。反正家里再没人，黑明昼夜两个人，说亲就亲，想爱就爱，低言轻语，甚是幸福！小两口亲亲热热，见人也是不笑不开言。谁家有个红白喜事，总是抢先去给帮忙，不分黑明昼夜的忙个不停，赢得了村上人的关爱。好人有好报，小两口结婚刚一年，金菊就生了个男娃，起名叫金狗。全村的妇女都去给金狗拴百锁，书记金明也来给金狗拴百锁，还捎来了村主任王强的十元百锁钱，说王贵刑满释放刚回家，全家人给收拾房子，百锁钱只能捎来。金菊家里人喜神喜全是喜，喜气溢满金山村。

金旦跟随父亲练就的百发百中的枪法，无人不夸，无人不赞。不是这支由公安发证而磨得起明发亮的单管猎枪，金旦他八辈子在金山村也混不出个头号人物。

金旦的枪法极准，在金山村一带数独一无二。枪头一扬，眼睛一斜，飞雁即可落于地上，旁观者无不瞠目结舌，佩服万分！都齐齐赞一声：“了不得！”

金旦生得彪悍魁伟，力大如牛，方脸大嘴，额头微高，一双浓眉下的一对大眼犹如铜铃，近百米的猎物一瞅便可认出公母，十六岁开始打猎，演练出了今日的功夫。但他别人一怪，不爱猎杀山猪、恶狼、野鸭、窝兔，专与狐狸打交道。这也应了一段因缘关系，金旦母亲在世时经常爱养鸡，小鸡未长大时，狐狸总是不来光顾，每当小鸡长大产蛋时，总是隔三岔五被狐狸叼去美餐。金旦每次守夜猎狐时，狐狸总是不来。他困乏得不守夜猎狐了，狐狸总是这晚要叼走一只鸡。金旦气得要和狐狸斗智，决心杀绝狐狸。因此，金旦每遇到狐狸，追逐不舍，枪声一响，跑狐必倒。背回家去挂于院中弯树之上，趁热剥下皮毛，狐肉大多分送邻居，自己少留一点。一张狐皮百余块，够当干部的两月工资，然后休息一天，再去寻找狐迹。五年来，金山村一带山区的狐狸被他猎杀得所剩无几。

金旦长期和狐狸打交道，也摸清了狐狸的生活规律和行迹秘密，但总还有失算和意想不到的地方，这使他付出了惨痛的、无法挽回的血的代价。

这是一个寒冬腊月的傍晚，镜面般光洁的银雪，犹如白丝绒的地毯舒展在乔山脚下的渭北平原上，覆盖了大地的一切污迹。金旦穿上高筒雨鞋，手提猎枪，顺着美水沟向他昨天摸清的狐洞走去。他估计这老狐狸天黑时一定会出洞的，他来到一个能隐藏的土坎后面，蹲下身子，把枪架在土坎上，向着狐洞一心不二地盯着。

“嗨！”金旦乐得几乎跳了起来，这老狐狸不知啥时候已经跑出了洞，在离洞口不远的地方，用前爪在地上扒着什么。金旦揉了揉眼，再一次认真地瞅了瞅，没错，一点不错，就是那只老狐狸。他调正了枪口，对准这只老狐狸，狠狠地给了一枪。

“妈呀！”

“咦！”金旦身子一颤，“怎么狐狸还会喊妈呀？！”

金旦撒脚跑到跟前，展眼一瞅，吓出了一身冷汗！这咋是三娃？这狗日的反穿狐皮大衣，在地上要扒出一方净地，给他母亲挖芦根治高血压。枪正打在屁股上，血顺着裤腿向地上直流，金旦的大腿根一热，尻子一松，稀屎骚尿拉了一裤裆。

只听一声“我的二爸”，便昏倒在地，不省人事。

“妈呀，疼死我了。”

金旦被三娃的疼叫声惊醒后，知道了拖延时辰就没好票子，他赶忙脱下衬衣，撕成布带给三娃扎好血口子，背上就向村子里跑……

在医院里，金旦花了一百多元，给三娃取出了屁股上的三个弹丸，治好了伤。医生赞扬金旦说：“你这枪法名不虚传，三颗弹丸都准确地打在了不要命的屁股上，要有一颗打在人的要命处，花一千多元也救不下人的命呀！佩服！”

金旦低头不语。

三娃的姐姐翠翠，念起她和金旦过去的情分，劝服了三娃，没再向金旦提出索要其他的补偿，此事也就以和为贵了。

二十、金正放铳遇玉英　玉英见信逃了婚

启明星开始调戏太阳了，太阳害羞地红着脸，准备从被窝里钻出来，去亲吻启明星……

铳王金正一骨碌从床上跃起，从窗子望着刚刚发白的天空，再瞅一眼仍打着呼噜的老伴，不由得骂一声："睡不灵醒的死猪。"

"迟了。"老伴被金正的骂声吵醒，失急地从床上爬起，很不乐意地望着窗子那个方向，习惯地扑闪着两只没有光泽的眼睛说，"我这死瞌睡，唉！我这人活着有啥用，不如早死了。"

金正望着老伴这一双蒙眬的眼睛，不由得心里又是一阵内疚和怜悯。他急忙下床，给锅里添了几瓢水，点火拉风匣……

"你爹，你快走。"老伴在床上喊，"早饭我摸戳着做，你快起身走，多跑几家就多几个收入。"

"你招呼锅眼的火。"

"你快上路。"

铳王金正取下挂在墙上的黄色背包，装好火药包，装上这只三眼铳走出家门，向着山外的周原大地奔跑着、颠簸着……

他知道这苦命的奔波和急慌的赶事，全是为了人人都想要的

钱，钱这东西人都爱，他也离不了，只是来路不同、挣法有别，他挣的钱全凭了这支跟随他三十余载、走州过县闯荡世界的三眼铳。正是这支三眼铳给他打响了名声，打响了骄傲，但他至今搞不清是金山村为他树了名，还是他为金山村争了光。

铳王村就是金山村。从第一对老先人定居山前后，就以放铳为生，后来因人口不断增多，家舍不断增大，也便有了田产家畜、五谷耕耘、以农养生，以铳捞钱。可金山村人自古到今都遵照祖先的遗训，每三年举行一次赛铳的活动，每次赛铳都利用四月初八山神庙会唱戏的戏台，在戏台前树一高杆，高杆上钉一横木，横木上吊挂很多飞动的气球。参赛的人都须手持三眼铳，每个铳眼的药量和一颗沙弹丸都由监赛人装入，谁如果能在两秒钟内点燃铳的三响，打破空中三个气球，谁就被树为铳王。铳王金正这个名牌也就自然在周原大地上叫响、走红。一九四九年前，只要金山村人当了铳王，铳王就是村中的族长，可查问村中大小事宜，也可责打村人不正之行。一九四九年后，虽说铳王的权力不再那么起作用，可每三年四月初八赛铳的活动越来越兴盛，他一想起近十五年的五次赛铳中，他连续五次夺得铳王这个宝座，不由生出心中的欢快，浑身的刚气。特别是去年一次赛铳中，不知是村上为了显示金山村的铳艺，还是上面叫繁荣民间文化艺术，赛事是多年来未有的盛大。要社火、唱大戏，赛铳台设在戏台前，还打破常规，贴出告示，广邀外村外乡的放铳人前来参赛，他望着赛台前站着的一百五十二名虎视眈眈的铳艺英才，心没慌、神没乱。他的三眼连环铳响在两秒钟内打中六个气球的绝技，招响了台下的万余观众的掌声、哨音、欢呼声，使所有放铳的人瞠目结舌、大惊失色。村人把他抬上了戏台披红戴花。他显示了金山村人的不凡和骄傲，也标榜了他的光彩和自豪。

此后，方圆五十里的人谁不闻知铳王金正，村人都说他比村上出个县长的名气都大、都光彩。

太阳追赶启明星，由于启明星不断勾引，太阳变得胆大了。它收敛了红脸，把激动的圆圆的白脸蛋展现给启明星，启明星却不见了……

铳王金正那心中挣来钱的希望，烧得他在这寒冷的腊月浑身直淌汗。面前的山势变化，起伏跌宕，他不在乎，两脚机械地疾步轮动着。下坡路促成的足力过重，导致了两个肥大的棉裤腿不断脱落，他不时地要用手去提一提裤子，展展那偏襟棉袄，扎在头上的大白毛巾，撅起了两个兔尾巴似的小角，在不停地摆动摇晃着。

金正翻过小沟，来到周原大地，太阳已一竿高了。路上的行人很多,很杂,举动千姿百态。矮子行路胳膊摇,彪悍行走快如飞，丑女笑脸托俊男，秀妹含泪随丑汉，这世界太大了，这世事的内容也太多了。这些天结婚的人多，搭情送礼的人也多，这送礼的形式内容就更多：有自行车驮的，有摩托车带的，有小轿车拉的；有亲戚相互礼仪的，有朋友之间还情的，有下级进贡上级的，有官官相卫互贺的，也有借水浇花求官的……各人脸上都有笑，但笑的内容不一样。太阳不管这些，它给每个人的脸上都镀上了一层亮闪闪的红光，也同时一眼不换地看着每个人的脸皮、嘴、眼，特别是那些“爱演戏”的“演员”的行迹动态，也许还有他们的心灵。

金正看着这花花世界上的花花世事，瞅着这一个个为世事而不同用心的奔忙,耳朵拣拾起的一对对情侣撒在大路宽道的笑声，他就想起了儿子田娃，想起了田娃那条被砖机夹去的腿，他的心一抖，眼一酸，两眼的热泪收不住地滚了出来，在脸上冲流出两道亮亮的小溪……

“大叔，信。”邮递员从邮包里取出一封信，给他递过来。

“哪来的？”

“西兴砖厂。”

“快给叔念念。”

邮递员知道他命苦，更知道田娃的遭遇，沉着一副肃穆的神色把信纸展开，低声念着：

爹妈，新年快到了，祝你们新年愉快。前几天，砖厂厂长来医院看我，我决定不再住院了。我已经完全好了，截掉的腿没再感染，为什么还要花砖厂的钱。在我的再三请求下，厂长同意我出院，但不同意我去舅家。他说他早就决定了，叫我回砖厂去，看大门，每月给我五百元工资，只要他的砖厂能办下去，叫我永远看大门，他还说等春节后送我到上海去装一条假腿。我已去了砖厂，春节不回家，等玉英嫁了人，有了幸福的归宿，我再回来看您老人家……

不孝儿：金田

× 年 × 月于省城南郊西兴砖厂

金正将信收回，装进衣兜里，不由得“哇”的一声哭了出来。缕缕思绪翻滚回潮，田娃的伤残给他和老伴的心灵刺伤太深了，给玉英的打击太大了。田娃对玉英善意的欺骗，以后怎么向这姑娘交代……

是启明星惹怒了太阳，太阳气得脸色发白，周身起火，把所有的云雾都吓跑了。太阳开始给大地上的所有生物放射温暖，叫人们体验到太阳的心是善良的。

太阳三竿高的时候，铳王金正来到一个住有三百多户的大村子。这村子今天结婚的有几家，他瞅准了门前放满小车的一户人家。放铳的人多，必须瞅准有钱的大户人家，赏钱就会多几倍。

铳王金正匆匆来到这家门前，这家人前院是座瓷砖砌成的二层楼房，楼房下面安着能开进汽车的红漆大铁门，门前看热闹的足有百余人，从大门里喷飘出的酒肉香，引人口水、勾人发馋。金正掏出三眼铳，想让门前的人领略一下三眼连环响的绝技，可他那颤抖的手只点燃了一根药捻，第二根药捻怎么也点不燃……“咚”的一声独响，在场的人都拿白眼翻他，他赶忙补上这眼药，又去点燃，费了很大的镇定，只点燃了两响。

金正气得头都颤：“今天怎么了，点不灵。”

在场的人都在嘲笑他，戏弄他：“老哥，人老了，手不灵便了，回去好好务庄稼去。”

“大叔，你怕是第一次出来耍这把戏。”

“回去好好练练，练好了再出来放铳，人家都是喜事，耍不好坏人运气。”

金正兴味索然，低头向大门走去，一进大门，他就唱起了贺喜歌：

吉星高照天气爽，
黄道吉日迎新娘。

男才女貌天生就，
新娘新郎喜气扬。
全家和睦财运广，
勤劳致富日月长。
今年娶个贵妃女，
明年生个秀才郎。
……

“是铳王金正！”围满二十桌子喝酒吃菜的来客中，不知是谁喊了一句，“久闻其名，未见其人，再唱一段好不好？”

“好！”在场的人都应了声。铳王金正的右眼皮止不住地突突直跳，人常说右跳财，左跳崖，今天这是咋啦，手又颤，眼又跳，心里直慌慌。但在众人的请求下，铳王金正只得答应大家的要求，他揉了揉右眼皮，说道：“那就来一段潮喜歌。”

门外小车一片片，
个个小车喜字沾。
门内宾客满院院。
人人脸上喜开颜。
人潮胜过山水潮，
潮来宏运宅内落。
喜运财气双关联，
后辈必然坐高官。

“唱得好，再来一段，再来一段……”人们仍在喊。被五个女人夹在上位的玉英，只流泪，不吃饭，她气愤父母的狠心，更气愤那四个出其不意地来到她家将她抬上了小车的年轻人。她在嘤嘤的哭声中被拉到了这个家，当听到铳王金正这名字时，她抬头一看，吃了一惊，正是干爹金正，她疯了似的跑上前去，抱住干父金正放声大哭："爹，爹呀，你咋跑这么远……"

"啊！咋是玉英我娃？"金正望着玉英，望着望着就不由得流出泪来，悲悲咽咽地说，"爹不知道。爹不该来，爹不该丢我娃的人，伤我娃的脸……"

"爹啊！"玉英哭得肝肠寸断，"是人家把我抢来的呀，爹……"

"我娃迟早要嫁人，"金正硬着心说，"今天是喜日子，不能哭。千万不能哭。"金正劝着玉英不能哭，可他自己却"哇"的一声哭了出来。

"呸！给我滚。"只见那管事的中年人走了过来，照着金正的面目就是一口浓痰，怒声呵斥道，"你今天是糟蹋人来了，你弄得大喜的日子起了哭声。"满院的人都惊目相看。

那包工头走上来，"啪"的一巴掌打在金正的脸上，吼道："滚蛋。"

金正的脸被打得扭了一转，他斜眼一瞅那包工头，不由得惊了一颤，原是这个几年找不见的"黑心肝"。他气得火冒三丈，他忘记了一切，忘掉了这是结婚的场面，忘掉了玉英的存在，他怒不可遏地骂将起来："你个爱钱不要脸的，你那年在省城包的工，雇的甘肃客给你干活，还有我和我儿子金田。工程完了，你把钱背上跑了，甘肃客气得骂爹喊娘，我和我金田讨饭回了家，为这事气得我老婆两只眼看不清人，我两年多一直在找你这个王八蛋，今天总算碰到了……"

金正用头去碰包工头，包工头跑进了上房……

那管事的中年人立刻调整了脸上的阵容，展出了一脸的笑相，一边给金正鞠躬，一边小声求饶：“大叔！今天别……大叔！今天……”

只见金正霎时面色苍白，浑身索索地颤抖不停，头颅左右摆动，“扑通”栽倒在地上，人事不省……

“他有心脏病。”玉英哭喊着，去金正的衣兜里寻药，药摸到了，可也同时掏出了金田那封信。她赶忙给金正嘴里压了五粒药，知道金正一会儿就好了，再看一眼那信皮，心里猜出了八九，她灵机一动，喊了声：“水！”便向房子跑去……

人们的目光都看着金正，满院子的人都乱成了一团麻。“快抬出去，今天是啥日子，不能让死在家里。”有人喊。“谁敢抬出去，我就碰死在屋子里。”玉英将自己关在房子里，一边看信一边喊。

人们都在管着铳王金正，不能叫死在院子，有人喊：“快掐人中穴。”有人就用指甲掐金正的鼻子下。忙乱着的人们，全忘掉了玉英的存在。

玉英一切都明白了。她趁这院里混乱，突然心生一计，她跑出房门，喊了声：“快送医院。”

这一声把人们都喊灵醒了，这么做既可以让他不死在院子里，又避免了他再闹事，还可以落个救人的好名。人们七手八脚地把铳王金正抬上了小车，全村子的人都挤在院子里，乱乱哄哄，全顾着铳王金正……

小车把铳王金正送到镇医院时，铳王金正已经醒过来了，他跳下了小车，向着镇上法庭的大门走去……

等管事的几个人把客人重新安排在饭桌上时，才发现玉英不见了……

包工头气得在院子里大骂:“你这该死的铳王金正……”忽地，他像明白了什么，忙喊，“快去人，等铳王金正醒了，一定把他请回来。”

玉英已经坐在奔往省城的出租车上，仍在看着金田那封信的内容，她知道金田仍然活着，只是少了一条腿。她期待着早日见到金田的心情，被出租车运载着，奔驰着……

二十一、银菊婚后生金羊　麻雀弹谷无良方

银菊和金刚结婚后，第七个月就生了个男娃，因生在羊年，起名叫金羊。石匠金成和婆娘云凤，为有了小孙子而高兴得没了形态，金成见人就说："他孙子生下来就会笑，很逗人。"

有人就问："刚生下来你在跟前吗？"他赶忙纠正说："是云凤见来，真的会笑。"后来村上人就问云凤，云凤就骂金成："别高兴得太早，你应该有个思想准备，随着孙子的成长，你也就变成了孙子，孙子就变成了爷。"金成说："我愿意，我高兴。"

银菊和金刚结婚后，村上一些追求银菊而没有追成功的年轻人，不服气地议论说，金刚无论从哪种条件来讲，都不该受用银菊的，他能娶了银菊，多亏他父母在银菊生下做满月时，就定下这门亲事。他是瞎猫逮了个好老鼠，够他金刚美气一生的。金刚说才情没才情，说相貌没相貌，两个破窑洞和两间破厦房，还是先人留下的遗产，低矮的木板门刚够金刚一米六三的个头钻进去，不丑也不美的相貌造就了他人格的忠厚本分，脑子里虽生不出三个道道，但务起庄稼来却能把根扎在田地里，村上人给他起了个外号，叫草人。说他像草人一样，时时不离庄稼地里，他能叫身

子骨减斤两，绝不叫作物减收成。不管村上人怎么议论，银菊一心不二爱金刚的心意是永远不变的，未婚先孕就是铁证。银菊是金山村姑娘中的花中之花，苗条的身材摇曳出无限的美好，脸面上的白皙细嫩和妩媚被一双饱含风情的眼睛陪衬得更加动人。她的美貌使她身上沾满抖落不掉的、不断增长的男性眼神，她因此总感到骄傲和自信。

金刚是个直性子，结婚前常和银菊约会谈情，不是她去找他，就是他去找她。金刚学不来别人说话上的拐弯抹角，语言像屠夫的刀子，直入心腹："你何时嫁我？"

她用质疑的目光久久地望着他，像识别一个陌生人一样，只用目光不用言语，最终的笑容就是回答。

他失掉理智地说："你嫁了我，你就是家里的万岁、总统，我啥都听你的，你说上天摘星星，我就摘星星。"

她被他这忠厚老实的话感动得差点儿流出泪来，这是她多年来第一次听到的求婚话，她知道跟了他，她不会受气的。他人厚道得比草人只多了一张嘴。他能这么说，说明了他的诚意。

他和她的结合，使人们又喜又惊。他家的日子过得平静如水，夫妻间的生活如胶似漆、美好无比。

收罢麦，金山村人将该种的秋田都种上了，只有金刚家还剩两亩地未种。按金刚的想法，玉米这两年不值钱，没利惠，干脆种两亩黄豆，但这事不能由了他金刚，必须请示她媳妇。金刚的媳妇银菊是说一不二的，只要是银菊定了的事，金刚只能唯命是从，没有必要再说多余的废话。这其中的奥秘只有金刚和银菊知道。

云凤将早饭摆到一张高腿圆桌上，一家五口的笑脸和温情将饭菜扑得香气乱钻。金刚两盅西凤酒下肚，脸上洋溢着无限的满足，望着妻子问道："咱那两亩地种啥呀？"

银菊以惯常的笑盈盈的脸孔温熨着金刚的心灵答道："种两亩谷子。"她又说了些肯定此事的理由："时下麦面、大米、菜籽油吃得腻了，人都渴望新的花样，可咱这里总是没有人种谷子。物以稀为贵，听说城里的小米价卖上了两元钱，咱干脆种谷子，种谷子利大，也能给村上人致富带个头。"

金刚一声干脆的"行"，又是"吱"的一声喝酒声："那咱上午就种上。"金成和云凤都赞成银菊的意见，都说种谷子好。

谷子出苗后，赶上了好雨水，肥又上得足，苗也间得匀，长势喜人，杆壮得放肆，叶绿得滴翠，微风调戏不动，大风只能推出一点笑纹。银菊总爱去谷地里看看，像疼爱宝贝儿子一样，管护着谷子，也像是一种无声的炫耀，让村上人评评谁家能种出这么壮实的谷子。金刚更是服了妻子，人常说："吃不穷，穿不穷，计划不到一生穷。"家里的日子能过到今日的小康水平，全是妻子银菊的精心计划，这谷子能有今日的茂盛，全靠了妻子的勤劳智慧和他的汗水。

谷子出穗结粒后，遇到了麻烦，不近人情的麻雀，凭着繁茂的青纱帐，在谷子地里打游击战。人去喊一喊，吓一吓，它就躲入青纱帐下或飞上树梢；人一走，它就又落在谷穗上，镊子形的嘴插入谷穗，掏食着乳嫩的谷粒，行迹之狂，胆子之大，把人根本不当人，像是这世界上只有它麻雀的存在，再无其他。谷子的颗粒一天天硬起来，麻雀也一天天多起来，它们集中优势兵力，由游击战转入大兵团作战，大有将谷子一扫而空的阵势。一家人缺了兴致，金刚没了前些日子的骄傲，银菊没了喜眉，一群只靠飞着吃的麻雀，却将人给难住了。金成整天在地里赶麻雀，由北头跑到南头，由南头跑到北头，不停地用土块打麻雀、麻雀打跑了，谷粒也打落了。照这样下去，南来北去跑死人，最后落个两头空。金成五十多岁的人了，跑得筋疲力尽，不停地坐下喘气，终于在一日下午，金成摔倒在地上，右腿摔成粉碎性骨折，躺在炕上受折磨。一家人苦思冥想，终于想出一条妙计——扎草人。

扎个什么样的草人，一家人争论不休。

金刚说："扎个坏蛋，现在人都怕坏蛋，坏蛋伤人时见死不救的事，报纸上常登，说明坏蛋人都怕，何况小小的麻雀呢？"

金成说："不能扎坏蛋，谷子宁可不看，也不能让人说咱同坏蛋同流合污，变成一家人，还让坏蛋给咱看护谷子，这不犯了众怒，让人把咱家也看得不干净。我看还是扎个公安，公安为民除害，坏蛋都怕，何况麻雀呢？"

云凤说："还是你爸说得对，金刚真是井底的青蛙，只能看见脸盆大的天。这草人嘛，就扎个庄稼人，也不麻烦公安上，庄稼人在田地上蹲惯了，不胡跑，站得住。自己的庄稼自己看，不麻烦别人，再说，草人的衣服自己有，扎起来更方便。"

金刚说："街上有卖塑料面谱的，买个老汉像，给草人戴上。让麻雀认不出是草人。"金刚的眼神中充满着幼稚的自豪和自信。

一个农民模样的草人完全出自银菊之手，插在地里，真像个活人：一件半旧不新的农民衣衫遮蔽着草人的全部假象，一顶半旧不新的麦秸编织的草帽，进一步逼真了农民的形象，手里拿着个金箔裹面的杀瓜刀，以示意胆敢来抢食者，必斩不饶。村上的人都夸这草人扎绝了，一些老汉老婆赞不绝口，都说金刚的媳妇能极了。一些同年的男人们，本来就为老汉老婆们当年的邪说歪论没敢娶银菊为妻而内心不平，把怨气都忌恨在这些老汉老婆身上，他们就质问这些老汉老婆们：你们当年说人家金刚家媳妇是克夫星、扫帚星，可金刚越活越旺实，而且有了钱盖了房，日子过得比谁都红火。如今又说村上数金刚的媳妇能，这你们是一个字不识，连地球是圆是扁都不知道，吃饱肚子嘴劲没处使，尽胡编瞎说，还嫌儿女不听话，谁听你们的话谁倒霉一辈子，没事了你们去阳阳坡晒暖暖去，别让儿女们再翻你们的白眼。男人们又回头数说本来就有点不顺眼的婆娘们：你们闲了去金刚家谷地里看看，看看金刚婆娘务的谷子，谷地里扎的草人，以后也学灵醒点，连政府的人都说“治贫先治愚”，让咱这日子也富有一点，别再一天瓜吃瓜做瓜睡觉了。男人们的数落激起了女人们的忌恨，她们恨不得让银菊出个车祸什么的，不然，自己的男人老是心里不搁自己，总是搁着银菊的影子。但她们还是偷偷地看了银菊扎的草人，暗暗地心里佩服这女人的超人之处。难怪男人们都被她弄得丢了魂，人家就是不一样，人长得人模人样，扎的草人也像活了似的。在女人中，忌恨最大的要数王强的婆娘，她时不时就挨王强两耳光，王强总说一句话：你看看人家金刚家的婆娘，端一盆水照照你那模样，你也算个女人。王强的婆娘受不了王强这话，就大骂王强不是人，是个猪。结果总是被王强的一顿饱打发出连连不断的号叫和泪水，这泪水中饱含着对银菊的切齿痛恨。

这草人不久就被县文化馆在邻村蹲点的一位干部发现，叫来县文化馆摄影师照了相，还让银菊站在草人一旁，说这是最能体现民间艺术的精品，让银菊多扎几个草人，送到县文化馆，今年国庆时去省城参加民间艺术品展览会。又问银菊会不会剪纸，银菊将平时的剪纸拿了出来，这文化馆的干部看了后，高兴得几乎跳起来，嘴里喊道：“绝了，绝了……”不久这草人和剪纸的照片在省报上登了出来，旁边附着文字介绍，说此民间艺术出自三龙乡金山村金银菊女士之手，其艺术手法超古迈今。从此，金银菊的名字连同她的形象，被全省人重视，雪片一样的信从四面八方飞了来，有鼓励银菊再出佳品的，有请银菊去服装公司当模特儿的，有请银菊去公司当经理秘书的，也有问银菊是否是有夫之妇……银菊一概不理，一心做她的庄稼，务她的谷子，爱她的金刚。

二十二、金旦斗狐被炸伤　狐狸也没好下场

从此，金旦的妻子金菊不再准许金旦用枪去打狐狸，他在金菊的建议下，在美水沟岸栽植了五亩苹果，整天钻在果园里，修枝剪杈，灌水施肥，另立来钱门路。

一日，金旦去美水沟挑水，发现就在打伤三娃的那个洞口旁，一下子钻出来四只狐狸，一对老狐狸引着两个耍斗的狐崽。金旦不由得怒火烧心：你个驴日的，日弄得我屙了一裤裆，又花了一百多元，险些弄出人命，我金旦就是一生不再打猎，也非要叫你断子绝孙，不得好死。

金旦思谋，如果用枪打，一是上次的誓言失信，二是打死一个其余三个就会吓跑。得将狗日的暗治，一个一个猎杀。他苦思冥想，研制出一种弹簧铁夹子，上面拴一死鸡，若动死鸡，铁夹子反弹，可将一头两百斤的死猪夹成肉饼。

神奇，铁夹子晚上放出去，第二天清早金旦就背回了只死狐狸，但是只狐崽，不是老狐狸。

以后的连续四个晚上，铁夹子失去了应有的功能。狐狸看来是不再光顾了，它识破了铁夹子的目的不纯，专为伤生害命。

金旦也灵醒了过来：我怎么就忘记了狐狸狡猾诡诈的本性，我真笨。

金旦改变了方式，他将铁夹子埋在离洞口不远的松土下，上面盖上旧土枯草，将死家鸡换成新鲜的死山鸡露出地面，终于又夹住了第二个狐崽。

尽管老狐狸再一次识破了金旦的诡计，不再上食，金旦总算解了一半的心恨。虽未能将两只狡猾的老狐狸猎捕，总还杀死了它的两个爱子,断了它的后代,叫它也不得好受,要以伤痛还伤痛。

两张小狐皮金旦只卖了七十元，还差三十多元的损失账，金旦决定要叫狐狸偿还这笔血债。

人老奸马老滑。金旦用尽了所有的招数和办法，始终未能猎住两只狡猾的老狐狸。多日的徒劳和老狐狸一次次识破这对它生命严重威胁的圈套，更进一步加重了金旦猎杀这对老狐狸的意志和决心。

金旦经过多日苦心孤诣的钻研，终于研制出一种炸狐弹。他将黄色炸药装入一个小塑料袋，再将这小塑料袋装入一只肥大的田鼠肚子，放在了离狐洞十多米远的地方。

月色朦胧，金旦没有掩门，他躺在苹果园的炕上，确信着自己能成功，他要叫老狐狸认识认识他金旦的非凡。他意兴盎然地等待着炸狐弹的爆炸声，等待着老狐狸生命的终结，等待着他要去背回的胜利果实。他等着等着，一直不见声响，他的梦魂竟飘飘悠悠地回了家，和妻子揉成一团无法熄灭的炽烈的火焰在疯狂地种植下一代生命的耕耘……

“轰“的一声，把金旦从甜蜜的美梦中炸醒。金旦一骨碌从炕上跃起，血水顺着脖子向下涌流，他一摸头皮，后脑勺的头皮被揭去了半片。他慌忙将被子撕下一个长条，扎缠了头皮，止住了血流，再打亮手电一看，大花猫被炸得粉身碎骨，土炕炸了个大洞。

金旦忍着疼痛疯了似的向家里跑去……

金旦这次躺在了县医院的病床上，医生缝了三十六针，才将他头皮展回了原位。

又花了两百元，金旦的头皮总算长好了。好在没伤着骨头，只是后头皮，又不是面容，没有留下表面上的恶迹，但却留下了内心刻骨的仇恨。

不怪金旦这仇恨来得轻薄，这老狐狸的心也太狠了，它轻轻地用嘴叼着这只田鼠的尾巴，又鬼鬼祟祟地来到金旦的屋子，没有任何声响地将田鼠放在金旦的头跟前，让熟睡的大花猫醒来后去咬响这报复的炸弹，要叫金旦的朋友来杀死金旦，以换取它们夫妇的安全生存。多么狠毒的计划。

在这金山村一带，凡是与狐狸较量的人，都懂得一条世代沿袭下来的无形的却是永恒的规律：报复与反报复。

金旦下了死决心，不猎杀这对老狐狸，誓不为人！

金旦这次拿出了绝招，他给铁夹子上系一薄木板，一触即犯，一犯即夹。他将铁夹埋在距狐洞十余米远的地方，上面覆盖了旧土枯草，看不见任何痕迹。

"成功了！"金旦的狂叫声在美水沟回荡着、飞扬着。这次终于夹住了这只诡计多端的老公狐狸，一种难以名状的激动和兴奋使他忘形失态。他将它背回家，高兴得手舞足蹈，像个天真的孩童，在妻子金菊给予不悦的目视后，他才平定安分了下来。

金旦将这老公狐狸的皮子小心翼翼地剥下来，他要用它做件夹克穿在身上，要叫报复者给被报复者暖一辈子胸心，驱一辈子风寒，要叫世人知道我金旦才算金山村上一条顶天立地的汉子。

他终于穿上了这件狐皮夹克。

二十三、草人神奇把谷看　麻雀侦破壮了胆

草人看护谷子果然神奇，三日内不见了麻雀，即使有麻雀来，也只是站在树上不敢进地。麻雀们望着这瞪着眼神拿着大刀的“老农”，谁还敢去抢食谷子，但也有两只不同寻常的麻雀，站在树上观察着这“老农”的行迹。它们奇怪地发现没有人给这老农送水送饭，儿子儿媳不关心他，他老伴总该关心他？即使他没老伴，儿子儿媳总不能让他饿着肚子去看谷子？特别奇怪的是儿子儿媳常来地里看一看，却从不与这老汉打招呼，连一句话都没说过，好像这地里根本就没这老汉的存在。更叫人想不通的是三天三夜不吃不喝，还是站得那么直，眼睛瞪得还是那么圆，大刀举得还是那么高，要是正常的人，早昏倒在地里了，何况是个老头儿？两只麻雀认为这其中一定有诈！它们就高度警惕地、鬼鬼祟祟地来试探这老头儿的脾气，它们担惊受怕地偷偷站在老汉身后的谷叶中，一动不动地观察老汉的行动，这老汉的身子一直不动。它们又钻到老汉身侧的谷叶中，四只眼睛死死地盯住老汉，老汉还是不动，脸上的表情也没有任何的变化，像印版印的，它们认定了老汉八成不是活人。有一只麻雀放着胆站在老汉头顶的草帽中

间，它认为老汉最具杀伤力的武器是大刀，老汉要想杀伤它，必然会杀伤自己的头，老汉绝不会愚蠢到为了杀伤一只麻雀，而拿自己的头开玩笑，结果老汉还是没有丝毫的动静，手上的刀连摇都不摇。这只麻雀心里进一步有了底，就大胆地从老汉眼前飞过，原来这老汉的眼球子不能动，是个假人。两只麻雀也生出恨来，是谁将这假人做得这么像，害得我们的兄弟姐妹还有儿女们整整饿了三天。做这假人的人，为了护住自己的谷子，竟想让我们全部饿死，想灭绝我们的家族，心也真够狠的。我们生来就没长手，老天爷赋予我们一双翅膀、一张嘴，你不让我们吃有负天意，不会有好报应的，我们这次要给你点颜色看看，非将这谷子吃成空壳不可。

两只麻雀带着重大的发现和喜悦，以叽叽喳喳的歌声飞向蓝天，要去告诉它们的兄弟姐妹和儿女们，可以吃饱肚子了。吃饱肚子后就有精神了，饭足淫事多，它们就可以尽情地相爱，尽快地繁殖，有了这片谷子，还愁家族不兴旺？

满地的麻雀，以最大的攻势，抢时夺秒地袭击着谷田。

草人变成了彻底的草人，人去喊一喊，吓一吓，麻雀根本不理睬，把人也当草人！

金刚和银菊慌了手脚，都愁这谷子怎么个护法，这两亩大的田块，放十个人站着，也管不住这些变得连人都不理的麻雀。银菊愁得低头苦想，少言寡语，金刚两腿像带了泥，沉重地在屋子里来回走着，谁也不愿说话，即使这谷子全被麻雀掏空，金刚也绝不会报怨银菊当日的计划不周，没有想到麻雀吃谷。可过去村里也常种谷，地里扎个草人还真起作用，过去的麻雀可能胆小，现在的麻雀胆大包天，竟目中无人了。

金成心有怨气地说：“农民有啥威力！而且还扎了个老头儿，麻雀根本就不给眼里放，谷子叫麻雀吃惨了，活该！当初听了我的话，也不至于到了这一步！”

云凤拿白眼翻了金成一眼，金成才感到自己的话有些过分了，忙改口说：“已经吃走的，回也回不来。愁出病来还要花钱，大不了明年不种，还是看电视吧。”金成打开了电视机，电视演的《包青天》，金成灵机一动，带着自信的目光望着银菊说：“干脆扎个‘包青天’，包青天叫贪官都怕，何况小小的麻雀呢，保准麻雀不会再吃谷子。”

金刚的脸上堆出了笑容，不知他是对父亲要扎“包青天”的赞同，还是惊喜父亲的聪明。他就恳求着银菊说：“你就扎个‘包青天’吧。你不扎草人，怎么能成农民艺术家呢？不是今年这两亩谷子，你能上省报吗？你权当学技术呢。县文化馆还叫你的作品国庆去省城参加艺术展览会，你就扎个‘包青天’吧。”银菊不愿伤害父亲的一片好心，便点了点头，表示同意扎个“包青天”。

银菊去街上买了个包青天的面具给草人换上，还特地为“包青天”用彩色纸糊了个官服官帽穿戴上，手上的大刀换成了铜铡，头顶加了一把雨伞，以防雨淋。金刚连续两天去谷地为“包青天”的为民除害放鞭炮。

“包青天”还真行，吓得麻雀五日内不敢进地，连鸽子、兔子都不敢近前，老鼠也都改道远行。金刚服了父亲的论断，也相信了“包青天”的威力。一家人喜气顿生；父亲骄傲地没了自控，金刚把自己编的歌词放进了《纤夫的爱》中，嘴上不停地哼着：“一个包青天，威力大无边，嗨哟！嗨哟！麻雀跑得远——”这歌声惹得银菊也止不住地笑出声来。

好景不长，到了第六天，又是原先那一公一母的两只老侦探麻雀，站在树上望着这新变幻的“包青天”发呆，它们弄不清这僵老头怎么就突然变成了个“包青天”。母麻雀说：“几天的抢食行动太过火，惹怒了专管农家田地吃饭的土神、灶君，他们请来了‘包青天’，要将咱们的家族斩尽杀绝。”公麻雀说：“看来这形势非常严峻，不能有丝毫的马虎，让兄弟姐妹们继续隐藏，不可露身。”母麻雀说：“最好是化整为零，不可群居。听说这‘包青天’爱民如子，断案如神。一生中杀了许多朝廷的贪官、犯官，从不错杀一个人。身边带有王朝、马汉、张龙、赵虎四员大将。连朝廷的宰相都不敢碰他，皇帝都让他三分。他死后九百余年，老百姓都忘不了他，他的灵魂还经常出现在高台剧场之上。如果真是他来护这谷子，凭着他在老百姓中的好影响，咱也得给他个面子，别再抢食这谷子了。再说咱这小小的麻雀，飞不出他的手掌，还不如有自知之明，落个人情。”母麻雀说：“那得一定要弄清楚他是真‘包青天’，还是假‘包青天’。如今这假货多，有的假货到了以假乱真的地步，让人真假难分。再说，过去就有过假包公。《鲤鱼记》里那个妖精变的假包公，弄得真假难分，打斗起来不分胜败，最后真包公借来照妖镜，才将假包公照得原形毕露，原来是个乌龟精，险些让真包公损了美名。”公麻雀说：“真假一定要弄清，如果他胆敢装假包公，别怪咱们不留情，为了保护真包公的名声，到时候给他点颜色看看，不过，这几天绝不敢轻举妄动，过两天再看。”

两天后，这两只麻雀飞到树上，要看“包青天”的动静。发现“包青天”的“官服”破了好多洞，详细观察，才发现三只老鼠疯狂地趴在“包青天”的身上，撕扯和吞服着“官服”。它们首先断定这“包青天”是假货，不然，老鼠吃掉“官服”他怎么会毫无动静，但它们弄不明白这老鼠放着谷子不吃，为什么要吃“官服”。公麻雀说:“去看个究竟。”母麻雀说:“放心地朝身上落。”两只麻雀没有任何顾虑地首先落在“包青天”头顶的雨伞上。再跑到“包青天”的身上。现实使它们大吃一惊，而又惊中有喜，惊的是他们发现这“官服”原来是用麦面糨糊和彩纸糊成的，老鼠为了吞吃糨糊连彩纸都吃了。喜的是它们证实了自己判断的正确，这“包青天”原是用麦草扎的草人，精巧的假官服伪装得真假难分，连腿都没扎，一根木棍撑着半截身子。确实是个假货色，它们明天就可发动所有的家族成员，以最大的力度将这谷子抢食得颗粒不剩。

第二天，似蝗虫盖天般的麻雀站满了谷穗，遍地里响着唰唰的弹谷声和叽叽喳喳的麻雀笑声。

金刚去地里一看，身上不由得出了一身冷汗。“包青天”的官服让老鼠撕成了乞丐服,这才露出野兔在“包青天”身下打的窝，铜铡被老鼠撕成了碎片，麻雀将屎拉满了包青天头顶的雨伞。这太不像话了，简直是给人脸上做呢！遍地的麻雀毫无惊色地哄抢着谷子，人喊一声，它们像没听见，由这个谷穗跳到那个谷穗上，继续弹着谷粒，自由放肆地像吃他们种的谷子，与别人毫无关系。金刚望着这胆大到连人都不理睬的麻雀，气得疯了似的，捡起土块，遍地里追打，这才将麻雀打飞在树上。可人一走，麻雀又密密麻麻像蜂一样地落在谷穗上，金刚又打，麻雀又飞，金刚一停，麻雀又落……

傍晚时分，金刚拖着疲倦的身子回家了，一进门就栽倒在床上，他心凉得像三九天的石头，满腹的怨气不知道该向谁发。银菊问他怎么了？他有气无力地说：“明天你去谷地里看看。”

银菊泡了杯热茶，放在床前的桌子上，又问：“到底怎么了？”

“老鼠把‘包青天’吃了个稀巴烂，麻雀仍密密麻麻遍地都是。”金刚低声弱气地说。

银菊的情绪也一落千丈，满脸的愁云将前几天的喜悦全击碎在地上。她想不通前八天怎么就没了一个麻雀，这一下子哪来了这么多麻雀，想着想着，她突然灵醒了，她告诉金刚：“你放心，由明天起，我坐在地头上，保管叫它一个麻雀也进不了地。这眼看就要成熟的谷子，我一定要护住。”

二十四、金旦翠翠度欢情　枪管炸死金旦命

一轮光亮而皎洁的月亮升上了夜空，这轮圆月带着一种半是嘲讽半是欣悦的微笑，把自己清冷而柔曼的光芒洒向了美水沟畔。

金旦静静地躺在果园炕上，追思着流失的日月：多少的浮躁忧伤，多少的喜情狂热，多少的牛劲胆量，多少的疲惫困苦，都需在这恬静幽深之夜反思矫正。

“吱”的一声，门开了，翠翠站在了他屋子的地上。他无法想象地惊了一颤，又立即还以礼仪的一笑。

“你怎么来了？！”

“我为啥不能来！”翠翠不失时机地把一双充满狂热激情的眼睛投向了他。

“你丈夫不在家？”

“他去野河山放羊。”翠翠坐在了金旦身边，“怎么？你忘了过去，忘掉了咱俩的情分，不想我了，你心真够狠！”

金旦的眼神也被牵引着溜到了翠翠那水灵灵粉嫩嫩的脸上，激情高涨地说：“我能忘掉吗？咱俩一起长大，一起玩耍，同学同班。成人后咱俩情投意合，发誓要结成终身伴侣。可谁能想到，

我父母早在金菊生下做满月时就给我定下了金菊，斩断了咱俩的爱情，你家逼你嫁给了村东头的三丑，我娶了村西头的金菊。我知道你和三丑没感情，我和金菊比你们好。你们结婚也都两年了，也没生下个孩子……”

“金旦哥，别说了，我的心里不好受，语言是多余的。”翠翠那白嫩的双手已落在金旦那宽厚的胸脯上，双手轻轻的磨擦所产生的感应电流，传到金旦的心上，扩散到他的全身。翠翠的媚情奔放，绵语难断：“这么多年了，我日日想你，夜夜梦你。过去咱俩相好，好了个什么？！都是隔着玻璃亲嘴呢，没实际么。村上人都知道咱俩好，好在哪里？”翠翠的泪水流了出来。

“现在都各自有了家，想能怎么样，梦能怎么样！”金旦扶开了翠翠的手。

“说得轻松，金菊也长得秀丽，她能温暖你的心。可我呢，跟了个身高一米四，看戏不会笑、做活不懂窍的人，要不是等你，我能跟了他吗？为了你害了我！你现在心安意定了。可我呢，我心里不好受啊！金旦哥！”翠翠的泪水像一颗颗心血向出挤流，脸上显出了两条小溪。

“这头长了那头短，生活本身就是这样。”金旦巧言劝慰着翠翠，“三丑虽然长得丑，心太实，可他家钱不少，他爸在省城办了个餐馆，他在山上经营着一群羊，钱少说也有十几万了，够你一生花的。”

“钱？！”翠翠生劲地瞪了金旦一眼，亮出轻蔑的一笑，“就是金山银山，我也不稀罕，人活一世，图个情投意合、精神爽快，要不，钱把人埋了，有啥意思。别说十万八万，百十万能买下仅有一生的幸福吗？金旦哥！”

“你能改变现实吗？你能改变命运吗？好我的翠翠妹子呢！世上有些事你能说清吗？村主任的侄子本该不能教书，可人家教了。俊秀的巧巧本不愿嫁村主任的侄子，可人家硬娶了她，最后巧巧从一条绳上走了。可村上的人都说这是天命注定，说巧巧前世肯定做过坏事杀过人，今世才遭了报应。你能捂住众人的口吗？谁能站出来为巧巧的阴魂说句公道话。”

“你相信吗？”翠翠以啼哭声追问金旦。

“我当然不信，可你能改变人们千古流传的思想意识吗？！”

“我不能改变长久，可我要改变一时。”翠翠使出全身的招数和功力，调动了面容上一切部件的积极性，把积蓄已久的感情的电波向金旦发去，让金旦接收……

翠翠这具有高度诱惑力的浓情雨意，作弄得金旦终于动了情，也动了手，他把翠翠搂到贴身的位置坐下。翠翠把一脸生来就很丰艳的鲜花生劲地开放在金旦的面前，金旦用脸去抚摸这朵喷着香气的鲜花……

翠翠闯进了金旦的怀里，恳求着：“金旦哥！咱们做不了长久的夫妻，难道做几天短暂的夫妻都不行吗？不然，我做鬼也不甘心。”

金旦那爱的帆船被这突如其来的狂风巨浪冲撞得失了稳定，没了航向。他的神志全乱了，手脚失去了白天的稳重。她的心神比他乱得更甚，行为比他乱得更狂。这难能可贵的时机，多年的整天整夜希望的感情就要实现了。她迫不及待了，疯狂地控制了他，他终于变成了一头疯牛，一头疯狂跳跃的悬崖敢下、水潭敢跳的疯牛……

一对恋情的蜘蛛，被炕上生起的台风热浪惊吓得缩成一团，它们紧紧抓住索索抖动的丝网，以恍惚不定的目光瞅着炕上燃烧起炽热的火焰发呆、发木，不知发生了什么惊天动地的事件……

以后连续十个晚上，翠翠每晚必来……

最甜蜜最无伪的欢情，脱掉了金旦一圈壮牛般的体形，松软了他全身的筋骨，涂黄了他迅速折叠的面容，他对着镜子发呆、惊愕。

从此，金旦整天虚汗淋淋，全身乏困，筋骨疼痛，昔日的勇气和牛劲哪儿去了，就是有一只狐狸跑到他的面前，他也无力追杀。他万万没有想到，这过度的幸福怎么会换来无限的痛苦，难怪美女村死了那么多男人，留下那么些寡妇。金旦决定今天中午走一趟翠翠家，他要告诉翠翠，这一段如胶似漆的夫妻生活应该满足了，应该就此为止，今晚再不能来了。我金旦要我原来的金旦！

金旦瞅空跌跌撞撞地来到翠翠家，翠翠正在喂猪，一见金旦，吃了一惊："啊！金旦哥，你咋黄瘦成这样了？！"

"我来就是为了这事。"金旦把一副有形无神的大扁脸展挂在翠翠面前。

"啥事？"

"你今晚再别来果园了，应该就此为止。"金旦恳求地说。

"我啥时来过你的果园？！"翠翠一脸的迟疑和不解。

"那我问你，你丈夫呢？"

"去野河山放羊。"

"这就对了，你亲口说你丈夫去野河山放羊，你来果园已经十个晚上，连我的嘴唇都让你咬破了，你咋能说你没来过？"金旦盯住翠翠的脸问。

“金旦！”翠翠大惊失色地瞪大了双眼，怒火中烧地质问金旦，“你是得了神经病，还是咱俩没有结成夫妻想害我的名声。金旦，咱们过去相好，人都知道，可现在都结婚两年了，谁还有闲时间去想过去的事。你今日不来，我把你都忘了，咋还能说我去过你的果园，放屁，你给我滚。”

金旦嘿嘿一笑：“骂得好，骂得巧，骂得够聪明！今晚你肯定不来了。”

“噫！”翠翠突然一惊，以很关切的神情瞅着金旦问，“金旦哥，你常和狐狸打交道，我听说你把个公狐狸的皮子做了个夹克穿在身上，你是不是让狐狸精给缠住了？”

“嗨！你算聪明得透了顶。”金旦挣出了一脸的假笑，“你一个狐狸精三字，把以前十个晚上的行为擦了个一干二净，奇妙至极。”

“别再胡说了。”翠翠满脸的诚恳，“金旦哥！你看你都成啥了，得赶快治治这狐狸精！”

“那好。”金旦忠告翠翠，“今晚再不来个翠翠，说明前面的翠翠就是你。今晚如果再来个翠翠，说明前面的翠翠是狐狸精，那我今晚就要枪杀这个狐狸精。”

“金旦哥，你今晚把枪里的药装饱，放心地打，胆大地打。我以前从没来过你的果园，今晚更不会来。”

淡云满天，月色朦胧。金旦装好了枪，火药装得特别多，但没有装子弹，怕万一是个人，打伤人咋办？他蹲在果园屋子的黑暗处，枪口对着门外，两只牛铃似的大眼，死死地盯着门口。他要用这支装火药的枪，把这害人的狐狸精烧得粉身碎骨，永无害人之机……随着“咚”的一声枪响，枪管爆炸了，金旦被炸得粉身碎骨惨不忍睹……

枪声在美水沟摇荡，树叶子冲撞抖动。土崖上的松石被震得滚落下来，砸在静静流淌的美水沟中，溅起层层浪花……

金菊提着水壶和手电筒失急地向果园房跑去，到金旦跟前打亮手电筒一看，只听金菊“啊”的一声，便软瘫在地上，失去了知觉……

全村的人流着悲伤的泪水，安葬了说是同妻子一起去打狐狸、因枪管爆炸而死的可怜的金旦。金旦走了，给全村人留下了长长久久的悲哀和凄凉。

二十五、银菊看谷地头坐　王强淫心惹大祸

秋高气爽，渭北高原呈现出一片成熟的枯黄。黄豆已经落叶，把肥大的豆荚暴露在光秃的茎杆上；硕大的玉米棒，已脱离母体顺杆而掉；鲜红的辣椒给秋色增加了一片鲜艳；老鼠在各种美食的饱餐之后，满地里寻找着爱的配偶。蛐蛐在秋波下弹唱，青蛙在池旁高歌，唯有蚯蚓在地下默不作声地帮助农民耕耘。

银菊拿个小木凳子，带上体小玲珑的收录两用机，坐在谷地南头的小路上，路南是望不透的玉米地，路北是她家被玉米圈着的谷子。她打开收录机，放着金刚买回的一盘歌曲磁带，以洪亮的歌声干扰着麻雀的抢谷行动。手里拿着给金刚做的白布鞋底，一把环锥扎下去，再把针线穿过去，就算向前走了一针。她心平气静地向前走着针，纳鞋底是庄稼汉女人深爱男人的一种表现，凡是姑娘订婚时，都要送给男的一双亲手做的鞋，一切爱的话语，都用针线扎进鞋底。银菊爱男人的心思比其他女人更重，每一个针眼都体现着她对男人的真情，每一条针线她都扎在地方上，让金刚穿上这舒服的棉布鞋，带上她的心思，轻松地走他该走的路。

银菊买了一百多纸炮，这炮是一炮两响。她头一天在地头上

栽了三个炮，点燃后一响在地上，二响在空中，连续六声炸响，将满地的麻雀惊吓得逃命不及。它们知道这次是种谷人动了真的，想炸死它们，在急速的逃命飞行中，有不少兄弟姐妹，屎尿拉了个不由自主，至今屙屎失禁，魂不附体，仍颤抖在惊恐之中。

炮声惊鸟的作用真好，几天来不见了一只麻雀，连老鼠也迁居远离了，银菊的喜气重新上脸，话也多了，笑也真了，金刚把佩服银菊的心劲完全用在晚上俩人那熟练的温柔中。没有麻雀再来糟蹋谷子，银菊专心纳着鞋底，看着满地被风推动的肥大的谷穗，她的心像熨斗熨着。她那喜悦的心情又走入微风吹来的老红军的板胡声中，她压低了收录机声，也听老红军那充满情趣的板胡声。

八十五岁高龄的老红军，一生未娶，侄儿收养了他，把他当亲生父亲一样孝敬。他老是以动情入耳的板胡声驱赶着孤独和寂寞，他总爱向人们讲述他当年在战争时多么的英勇，他的一条腿被敌人的飞机炸飞在空中时，他没喊一声疼，他以扎草人的计谋浪费了敌人无数的子弹。可村主任王强总是和他过不去，说他是胡吹冒撂，是金山村人的拖累，是老不死的造粪机器。他就骂王强丢了干部的脸，心里没政策，不爱群众爱“小姐”。王强气急了，就骂他，他就把板胡拿到王强门前拉，拉《张连卖布》、拉《王强挨砖头》。惹来大群的孩子们跟上笑，闹得王强家不得安宁。王强女人骂王强瞎了眼睛，得罪人也不看是谁。王强只得叫女人提上十几个鸡蛋，送到老红军家里，又少不了一顿赔情，老红军的板胡声就移回家中了。

王强的儿子王贵当年在村北的公路边办歌舞厅时，整天那哥呀妹呀的歌声，响得村里日夜不得安宁。一些不本分的年轻人，就“狗逮老鼠，图个腥味”，大把的钱给往进撂，闹得夫妻关系破裂，离婚、服毒的常有。老红军看不惯这歌舞厅，就拿起板胡用心地拉：《兄妹开荒》《十二把镰刀》《梁秋燕》。他想用他们老一辈的延安精神，唤醒这些步入泥潭的人，可他的板胡声太小，影响不了大面。歌舞厅那现代化的扩音喇叭，你不听也得听。银菊老是烦那歌舞厅的噪音，她老是爱听老红军的板胡声，她觉得这传统的板胡声，不但具有一种民族的艺术和精神，而且能触动人的心灵。

西天边的晚霞，像太阳的血滴在棉花似的云层中，夕阳一片红。银菊正准备收拾东西回家，王强从玉米行间来到了她的身后。银菊吓了一跳，当是狼、狗什么的，一看是村主任，心跳才慢了下来。

“你看谷呢？”王强打个招呼。

“噢，我看谷呢。”银菊没再抬头，仍纳她的鞋底。她礼节性地眼不瞅顺手关了收录机健。

“你一个人不心慌？”王强已贴身站在她的身旁。

“秋绿花红的，满地都是人，有啥心慌的。”

“你不怕人把你拉进玉米地。”

“谁敢有那贼胆？”

“我有。”王强嬉皮笑脸地说着，手已落在银菊的肩膀上。

“你放稳当点，别怪我睁眼不认人。”银菊的话语有点颤抖，她一把拨离了王强的手。

“你不记情分，当初你经常爱跟我说笑，说明你爱我。今日就不认了。”

“那是说笑，我对谁都爱说笑。”银菊的锥尖在头发上一划，嗖地扎进了鞋底。

“可我一直爱着你，我和娃他妈在一起，想的总是你。睡梦里经常梦见咱俩干那事，喜醒来原是一场空梦。银菊呀，你就给我一次吧，我这一生也就心甘了。”王强腆着脸说。

“妄想，你说话干净点！我不是那种女人。”银菊的话像锥子。

“女人都是嘴硬心软，你给我一次，我叫你以后有占不完的便宜。”王强说着，猛地两手箍住银菊的头在脸上疯了似的乱吻，继而，又从后拦腰抱起银菊，要往玉米地里钻。银菊急了，双腿乱蹬，拿头乱碰，用左手上的鞋底乱打，鞋底打落在地上，王强仍不松手。银菊已被抱进了玉米地，银菊慌乱中记起握在右手中的锥子，但她在惊恐中又条理出不能刺伤他的致命之处，她在脑海中选择了他那不会致命的大腿根部，将锋利的铁锥狠劲地扎了进去，只听王强“啊”的一声惨叫，便松手倒在了玉米行间。她不顾一切地跑回家中，把全部的委屈倾泻成一通揪心的悲伤哭声和滴洒不尽的泪水……

金刚问清了事情的原委，惊吓得心里抽搐，身子筛糠似的颤抖，他知道这麻烦惹大了。金山村人有一句警告儿女的名言：能吃一碗干辣子，不惹王强一家子。他的思维告诉他该怎么做，他没有安慰银菊一句话，拔腿就给地里跑，他背起失声痛叫的王强，疯了似的向医院跑去……

医生的检查结论，直吓得金刚虚汗满身，他心灵连同身躯痴呆地定在原地不动，半晌神志不清。妻子的铁锥扎进了王强的右侧睾丸，鲜血顺着锥把向外流淌……

王强住院的第二天，王强的女人巧巧疯言恶语地在金刚家门前叫骂，她那两片肥厚的嘴唇扇动出伤人的语言：“你个母不要脸的，你欠村上的款不还，还想勾引我男人，想以情免债。你那臭东西值那么些钱吗？我男人不从，你就下手，还要扎死我男人，你心太毒了。你不心疼我心疼。你有杀人的心，就走出来，给街上人说说，你用啥法子勾引男人，让村上的所有男人都知道你的密码，和你勾上情，排队叫你受用……”

王强的儿子王贵，手里握了把钢板闪亮的铁锨，气汹汹地站在金刚家门前，扬言这铁锨头上不见血迹誓不罢休。

银菊想冲出大门，和这王强的女人讲个青红皂白，哪怕被王强的儿子打伤，也要让人们知道王强的丑恶作为，但几次都被金刚拒挡在门内。

金刚拖住妻子劝道：“睁眼不跳壕么，咱出去能有咱沾的光？！在金山村，有谁的事赢过王强，事情闹得越大，今后给咱尿不满的牛拢嘴越大。你扎伤了人还不知咋结果，还要添乱子。你是灵醒人，今天咋就糊涂了。你想揭说王强的德行，可总不能把自己也赔了进去。你不说大家都知道，你说了，谁敢说你说得对？连村支书也拿他没办法，人家县上乡上都有人，咱有多大的本事，能胜了王强，县官不如现管。你要为咱今后的日子想想，以忍为上。”

银菊望着愁云满脸的丈夫，“扑通”一屁股塌在炕沿上。这平日里只会干活、不会说话的丈夫，今日竟能说出这么些讲道理的话。她把满腹的冤屈和仇恨，压缩成辛酸的苦水，从眼眶里淌了出来，把一切的愤怒用咯嘣嘣的牙齿嚼碎咽进肚里。在这“山高皇帝远”的金山村，真理是什么，真理就是铁锨头上的血迹，真正的真理只能是窝曲在自己的家里，酿造哭声和泪水，任凭王强女人的号叫辱骂、王强儿子的仗势欺人，金刚只能闭门不出，这是唯一的选择。

村支书的苦苦相劝和软磨硬泡终于将嘴困身乏的王强女人和儿子拉回了家。王强的儿子王贵留下后话：“血债要用血来还，这是迟早的事。”

在出事的当天晚上，当医生给王强取了铁锥止了血之后，金刚才溜出了医院，赶往村支书家。他向村支书金明诉说了事情的原委，金明要他不能声张，看王强家的动静，如果王强家也不声张，这事就私下了结为好，王强的女人和儿子要来闹事，金明要他闭门不出，门外的事情由他解决。临走，金明交代他，一是别说这事我知道，二是带上两百元，再买些营养品，去医院看望王强，以后话就好说了。

第三天中午，金刚瞒着妻子，买了一大瓶麦乳精，带着两百元，去医院看望王强。他没说多余的话，掏出两百元放在王强的病床上，将麦乳精放在病床顶头的小医柜上，叮嘱王强养好病。王强的脸上没笑也没怒，无言地接收也算是对金刚及时送他上医院的一个面子。金刚不准备在病房里多停，他向王强说了声：“你躺着，我回呀！”就转身向病房门外走去，正好碰上了王强的女人和儿子。一见金刚，王强的女人就上前去打了金刚一个耳光，嘴上骂着：“你跑来干什么，还嫌没扎死，想再戳一刀子……”王强的儿子抓起麦乳精瓶，向金刚的头上砸去，金刚一个躲闪，瓶子正好砸在脊背上。病房里有人看不惯，就拉住王强的儿子数说：“有理不打上门客，你这小子太冒失。”医生赶进来唬道：“医院不是你家里，要打架就搬回去。”王强的儿子才没了勇劲。金刚趁势跑出医院，跑到一棵大树下，他不由得放声大哭。脑子里的耻辱感转化成憋不住的悲痛，只有眼泪才能带走和释放这无限的悲痛。

傍晚时分，趁妻子不在，金羊由父母管着。金刚喝了瓶

1605农药，死在了村主任家门前。金刚的死惊动了全村人，村支书迈着沉重的步伐来到现场，喝退了所有人，让年轻人把金刚的尸体抬回了家……

第二天清早，村支书亲自去乡政府报了案。

二十六、虎娃部队立大功　复员离城回农村

虎娃参军后，部队领导见他是个老实疙瘩，就分配他去炊事班烧火做饭。开始他不同意，在连长的批评和命令下，他才去了炊事班，一心不二干着烧火做饭、洗锅刷灶的工作。

山不转水转，谁能保证他一辈子不来几回运气。他在部队炊事班的第二年，中越边境还击战打响了，他认定他的运气来了，就要去抗击越南侵略者，尽管他当时只有十九岁，但他抢先报了名，出发前还写了血书。连长说做饭也是打仗，可他像头犟牛，谁也牵不住，连长见他决心大，只得同意他去前线。他如愿了，他从心里笑了，他扛上党中央发给的机枪，同战友们雄赳赳气昂昂地奔向了战场。

他似一只猛虎，在中越边境还击战的战场上，他真正显出了真本事。在攻战 103 高地的战斗中，他带领三名战友从敌人不注意的陡崖上爬上去，摸到了敌人的屁股后面，解决了敌人一个排的兵力，保证了战斗的胜利，荣立了三等功。在夜袭 64 号高地的一次激战中，他一人炸毁了敌人两座碉堡，使我军很快占领了高地，结束了战斗，他又荣获了二等功。在保卫 23 号高地的战

斗中，敌人发了疯，妄想以他们的炮弹优势夺取这座对战争的胜败有着特殊地位的山头。敌人用极多的炮弹，将山头炸平了、树木烧焦了。他端着机枪满山跑，一串串愤怒的子弹向敌人射去。打死了无数的敌人，他笑了，一颗炮弹落在他的身边，炸起的土石把他埋的只剩一颗头颅。他命大，还活着，他非但没死，也没流一点眼泪，更没流一点眼泪的意思。他反而笑着，他嘲笑敌人："想用那炮弹来换老子一条命，老子值那么多吗？赔本生意。"同志们把他从土石中刨出来后，才发现他的左眼珠掉在脸上，右腿也受了伤。

同志们望着他那吊在脸上的左眼珠，都流了泪，他却若无其事地说："只要头在，指挥机关没丢，脚手都能动，好说。"敌人又发动进攻了，山下的几百名敌人疯狂地向山顶扑来。他的心没慌，神没乱，那只脸上碰来撞去的眼珠子，也没有撞伤他的心灵。他还是觉得打仗过瘾，要比耍大刀过瘾得多，他叮嘱其他五名战友："只要山上有一个同志活着，山头就不能丢。"他们以猛烈的火力打退了敌人的四次进攻，成功地拖住了敌人，赢得了时间，使我军出其不意地将敌人的两个团的兵力装进了包围圈，一举全歼。他又荣立了一等功。可他把一只眼睛永远地丢在战场上。

虎娃复员后政府把他安排在西安一家科研单位看大门。他不习惯干这工作，更不习惯整天蹲在一个十二平方米的房子里，心里老是犯急发慌。更使他不能安心的是自己在这里享公家的福，吃饭睡觉不干活，他不习惯。

他催三问四地向领导请求："我磨不下这号工作，我知道，我不是这号材料。收报发信，把门登记人，来人都是自己写自己，谁知道他写的啥。再说，我生来就不是压板凳的屁股，一坐就心里憋得慌，能急死人。”领导总是安慰他：“这是党和政府对你的照顾，字不会写慢慢学，有空就学着写，坐不住慢慢磨，坐着坐着就顺了。”他头摇得像拨浪鼓：“党和政府对我的恩情我忘不了，可这么坐下去，我要犯精神病了。”不管他怎么说，领导上总是不同意他回农村。他太固执了，他半夜打起了背包，悄悄地走了，给谁也没漏个耳风。他一踏上故乡的土地，展望周原大地的景色，就觉着身上舒展展的，心里甜滋滋的，眼界宽极了。北有乔山，西有龙尾沟，东有漆水河，南接渭河平原。有姜子牙屯兵伐纣、斩将封神存留下的封神台，子牙庙，三肖洞，周原遗址，还有佛教圣地法门寺。他爱这山，爱这水，更爱这黄土地，他和黄土地有缘分，天生的。

“虎娃，你放着公家的洋房不住，回来住咱这破窑洞，图个啥？！”书记金明的脸上露出了不悦。

“不识抬举，生就的土豹子。”金菊也没给他个好脸色。书记金明和金菊的责怪，他早就料到了，他啥话也没说。他自己更知道自己的薄厚，天生的。

书记金明为他的亲事犯愁了，托亲戚、说朋友。后来有个亲戚给他说了个姑娘，那姑娘和他见了一面就吹了。

人常说“父愁子妻，子愁父丧”。虎娃没了父母，书记金明对虎娃婚事的重视胜过他的父母，书记金明也曾想到金菊是个单身。可金菊是否同意虎娃，金菊不开口，别人无法问，只能用不断的托人给虎娃提亲来探证金菊的虚实。书记金明又托人给他说了个姑娘，这姑娘患过小儿麻痹，干不了庄稼活，可这姑娘一见面就问：“你能攒多少钱？”

“一个钱也没攒下。”他实话实说。

那姑娘本分，见他老实，也没啥弹嫌，可她父母亲向他要两千元彩礼，又吹了。怎么能不吹呢？他两百元也没有。

落花有意，落水无情。他铁了心，再不许书记金明提起他的婚事。

书记金明一看虎娃对自己的婚事铁了心，就心有计谋地告诉虎娃：“你闲了多去金菊家走走，他毕竟是你义妹，有些女人干不了的活，你帮着干一下。人说亲顾亲顾，是亲就该帮顾，这道理我不说你也懂。”

“你放心。”虎娃向书记下了保证。

二十七、金菊挑水遇蛇惊　虎娃救人显感情

金菊自从金旦枪管爆炸而死后，生活变得有苦难言，首先是金狗没人管，使她腾不出身子去做家务。不说别的，连吃水都成了问题。

全村人都吃后山的柳泉水，多少辈人都没有改变过这种状况，其中的原因人人皆知，柳泉水能使人发育强壮，体大有力，少染疾病。这些道理她都懂，她想去后山担水，可没人替她管娃呀！她只得吃院里的窖水。但她再抱起可爱的让人心疼的金狗时，就想到不能给娃再吃窖水了，为了娃能长得身高力壮，必须吃柳泉水。她铁了心，决定去柳泉担水，她不相信一个大女人就担不回来一担水。

这天早饭后，她把金狗放到了邻居三婶家，让三婶给她照看着，她趁着别人都早已担或背回了水的空路，她担着两个桶出发了。

山里冷风早，入罢秋便撒了白霜，那带着刺也呜呜叫的风，吹紫了金菊的脸颊。金菊喘着粗气，去后山挑水。

这山野空旷极了，干枯的树叶在金菊的脚下沙沙作响，一只

猫头鹰在对面石崖上啼叫。她的心绪一阵慌乱，感到了孤独、凄凉，她有点害怕。

唉，人一生就是无休止的期盼：男人、生活、房子、孩子、票子……一段生命就是一个季节，一段历程又有新的牵绊、新的烦恼。何时满足，何时中止呢？

她“扑通”一声坐在了地上，吓得出了一身冷汗。一只野鸡从她的脚下蹿出来，她的心直向喉咙口奔，她想哭，想喊，更想骂，也不知道该骂谁呀！

“刺溜”，一条足有五尺长的梅花蛇从她的眼前蹿过。她几乎晕了过去，扁担水桶早扔掉了，她不由得蹲坐下去，一块尖锐的片石刺破了她的下身……

太阳从云层中闪出一道白亮的光束，给她那苍白的脸上镀上了一层亮。她强忍着疼痛，等待着放牧人的到来……

她惊慌了，流出来的不是尿水，是血，鲜红的血。

一片还未枯黄的法桐树叶，被一只乌鸦踩掉，向着吸收它的黄土地落下来。她那昔日强壮的肢体，被吓成了一摊软泥，泪水滚滚，血水鲜红，大山向远处移动，山花放出狰狞的苦笑。地转，天旋，几只老鹰飞到她身旁的法桐树上，它们是为了这血腥味而来的……

她昏迷了，神智被魂魄架走了……

虎娃赶来了，虎娃摇醒了她，她睁眼一见是虎娃，她一把搂住虎娃放声大哭……

虎娃一见她下身的血迹，把水担和木桶藏在草丛中，背上金菊直向乡医院跑去。经妇科医生检查，是大腿根部被石片插伤了个血口，不碍啥事。医生给处理后说两三天就好了，让她注意保护好。

从医院出来后，金菊的心情大有好转，脸上的煞白不见了，喜悦的红颜展现了。他们坐在医院对面的一棵大树下的石条上，放松着来时的紧张心情。金菊问虎娃：“你咋知道我去后山担水去了？”“我去你家找你，你家门锁着。”虎娃瞅一眼金菊说，“隔壁的三婶和金狗在门前玩耍，是三婶告诉我，你去后山担水去了。我没停就给山上跑，才碰上了你……”

“这么说你是专为我跑上山来的？”金菊满脸笑容把虎娃的左手握起来在嘴上亲了一口说，“这说明你心上有我，时刻都在关心着我，这叫妹子咋谢你呀？”

“一家人不说两家话，谁让你是我的义妹呢！”虎娃抽回左手说，“这里显眼，叫熟人看见了不好。咱走，你腿疼我可以背你。”

“你可想沾我的光，刚来时你背我，我用胸脯和奶头给你暖身，你的两只手在我禁区取暖，把我没冻死，你还想乘人之危，美好自己。”

金菊在虎娃背上拍了一把说，“妄想去！”

“刚才的血流把人没吓死，我两手都是血，背上你就跑，全身都是汗，还说你暖了我，还美好呢，美好个屁！现在才心静下来。你倒好，还猪八戒倒打一耙，说我沾了你的光。不是我，你还昏迷在山上，血在淌，你在迷，血越淌，你越迷，说不定永远醒不来。到底是谁沾了谁的光。”虎娃说得很委屈。

金菊一抱把虎娃搂进怀里，在脸上亲了一口说：“是妹子知恩不报冤屈了你，你别记在心上，妹子忘不了这恩情，迟早要还你的情。”

虎娃一把推开了金菊说：“让人看见了笑咱没礼貌，在大众场合亲爱呢，走，回。”

“胆小鬼，回就回，走，谁还走不过谁！”金菊斜瞅了虎娃一眼，就起身走了。

虎娃连忙跟上，还关心地问：“伤口疼呀不？”

金菊转过身来瞅了一眼虎娃说：“你想呢？”

“我想不来。”虎娃跟着金菊边走边说，“我是关心你呢，你还叫我想去。伤口又不在我身上，我拿啥想呢？”

“傻呆！”金菊用笑脸要了虎娃一眼说，“好好的大腿让尖尖石头戳了个洞，医生缝了两针，能说不疼吗？”

“你不让我背你，我以为不疼呢。”

“疼是疼，能忍住，走路没问题。我不能老让你背上走，这么我于心不忍。”

“你是怕我背上你，叫人看见说闲话，是不是？”虎娃问得很认真。

“他谁爱说啥说啥去。”金菊左手握住虎娃的右手，有意摇摆在大路上，嘴里唱着《梁秋燕》似的，“咱俩个就是咱俩个。那呀那一天，咱俩个永远是咱俩个，看他那闭嘴说啥个。”

金菊的这种举动，直逗得虎娃笑逐颜开无法停止。身子和手跟着金菊跳摆摇动。他们回到村上后，已是午饭时候，金菊不让虎娃回家，拉住虎娃说：“你帮了我这大的忙，我该知恩当报。中午一起吃个饭，你看娃我做饭，中午吃个浇汤面。”

虎娃两眼瞪着金菊，似笑非笑地问：“桶和水担不要了？”金菊这才恍然大悟，她向虎娃求情：“妹子真不好意思再麻烦你了，你为了我好心好意劳苦了半天，又要叫你去取桶和水担，实在难为你了。你就再跑一回吧。”

“这有啥难为的，我不去谁也寻不着。”虎娃向金菊招了招右手说，“我走了。”

“山路小心点！”金菊叮嘱虎娃。

“知道。”

虎娃走后，金菊去隔壁三婶家，叫三婶给她再哄一阵金狗。三婶高兴地说：“我还舍不得叫你引走呢！他刚睡着，你忙你的去。”

金菊回家后，倾其厨房所有和剩下的两个鸡蛋，炒了一碗好菜，她看着这碗好菜，不由得改变她给虎娃许愿吃浇汤面的想法。这么好一碗菜让两个人吃了，那还不如给虎娃调一碗干面，香菜全让虎娃吃了，她心里高兴、舒坦。她正这么想着，虎娃挑着一担水回来了，虎娃把水挑进厨房，她忙扶住两桶水问虎娃：“你上柳泉去了？”

“顺脚的事，我能空桶回来吗？”虎娃说得很轻松、很活泼。

“你是戏上唱的‘飞毛腿’赵飞。”金菊望着两桶清净透亮的柳泉水，感动地说。

“我也不是‘飞毛腿’，不就是一担水么！单纯的一个跑路，小事一桩。”虎娃说着已将两桶水倒进水缸里。

“有这两桶水，够我娘两个十天用。”金菊一边调干面，一边充满谢意说。

“没水了你说一声，我担，为了金狗咱们必须吃柳泉水，不能吃窖水。”虎娃吃着金菊递来的干面，不知是肚子饿了，还是金菊调的味道好，他越吃越香。吃着吃着他想起了一件事，就望着金菊说：“前几天我顺路到你家苹果园看了看，长期不浇水，有的树叶子全落了，有的枝条都干枯了，再不浇水，苹果树就开始旱死了。如果及时浇水，明年就可少量挂果，后年就可大量挂果。”

“这可咋办呀？”金菊那犯愁的眼神看着虎娃说。

“这有咋办的啥，浇。”虎娃把吃完饭的碗给炕边上一放说，“我下午就去美水沟担水浇苹果树，估计五天就浇完了。”他一边说着，一边顺手去取水担和桶。他拿在手里的水担被金菊抢夺过来放在门外边。金菊两手握住他的两个胳膊，向炕上边推边说：“你先躺在炕上歇会儿再说。”

虎娃被金菊推倒在炕上，头枕在枕头上平躺着。金菊洗完碗筷，也来躺在炕上说：“咱都歇歇身子，特别是你，背着我跑了那么多的路，回来又去山上担水，现在该好好歇歇腿脚了。”

“我不困。”虎娃一见金菊也躺在炕上，不由得胆怯心慌，说话的嘴唇和身子一起颤抖。

金菊不由得地笑了，她把身子有意给虎娃跟前挪了挪说：“我能不懂吗？人一生要经历好多事情，其他事情都能有躲过的机会，唯独爱情和婚姻谁也躲不过。像你今天这样见了女的就害怕、就害羞，谁还敢嫁给你，你是不是有病？”

“我没病，我很正常。”虎娃坐起来望着金菊说，“只要是和我领了结婚证的女人，我就不害怕。我会让她满意的、幸福的。你信不信？”

“我不信。”金菊有意敞开胸口，露出丰满白皙的胸脯，又把身子挪到他跟前让他看，可他也把身子向开一挪，那怯懦的眼睛只看房顶上的蜘蛛逗情，不看她敞开的丰胸。金菊收不住地说：“我是测试你，你看你比女人还女人，没有一点男子汉的勇气。”

“我是怕人看见说三道四不好，人常说好话不出门，瞎话一溜风。万一让人看见,咱在村里怎么见人。”虎娃说着脸都发了红。

“万一了怕啥。”金菊的笑容中充满着不以为然的轻视说,“万一了才好,咱用结婚证给万一平个反,把万一保住。”金菊说着说着感情收不住了,身子迅速地挪到虎娃身边,她的左手抓住虎娃的右手放在自己丰满温热的胸脯上暖,脸上摸,嘴上亲。

虎娃那被情爱波浪震荡得瑟瑟抖动的身子像射箭一样忽的站立在离炕不远的地上说:“我没经受过,心跳得像打鼓,真让人害怕!我担水浇树去呀!”

“胆小鬼。”金菊一边扣胸脯的纽扣,一边叮嘱虎娃,“担水都是上坡路,脚上要长眼睛。担一会儿歇一会儿,别累坏了身子。”

虎娃望着金菊不欢的眼神,说不出来地诡笑着说:“你放心。”就架起水担挑起两桶走了。

虎娃走后,金菊把金狗从三婶家接了回来,她一边哄娃,一边给虎娃烙油饼做晚饭。虎娃干的是吃力活,吃不好就没力气干,她想方设法地做好吃的,让虎娃吃饱喝好,争取早日把苹果树浇完。

秋末的太阳瞌睡多,还不到下午七点,太阳犯困的脸面失色了,急于想钻进被窝睡觉。金菊做好了晚饭,等虎娃回来吃她做的美餐,左等右等总是不见虎娃回来,她就把金狗搂在怀里和娃耍,耍着耍着金狗竟睡着在她怀里,她也就静静地躺在炕上等虎娃。

二十八、玉英逃婚西安行　两次换车迷惑人

玉英趁铳王金正心脏犯病而造成的人心慌乱之时，用头巾把自己的头脸包缠得只露两个眼睛，她混在人群中跑出院子，正好碰上一辆送客的出租车要回县上。她手一摇，出租车停下，她拉开车门钻了进去。司机问她：“去哪里？”

她随口答道：“西安，走北线。”

出租车开足马力在北大路上奔跑着。她的神情有了镇静，她回想起刚才在慌乱中，随口给出租车司机喊出了西安二字，这两个字中包含着最大的风险，如果出租车司机说出了她在西安某地下车，那个包工头就会千方百计地在西安寻找她，他家有钱，有钱能使鬼推磨。他家能动用报纸、广播寻找她，人家也会推测到她是坐出租车逃走的，因为在铳王金正被送医院的混乱之时，只有这辆出租车的司机可以将人拉得远走高飞，人家肯定会找这辆出租车司机问。想到这些对己不利的后果，她决定纠正前面的口误，她展现出满脸的笑容，以亲热的口气喊道：“司机哥，我刚才给你说的西安不是我要去西安，是指向西安方向走……”

“你说话咋能这么说。”司机瞅一眼玉英问，“那到底去啥地

方？我这车轮子是按公里收钱的，多跑了就要多收你的钱，你得心里明白。”

“我去兴平我姑家，我姑家在兴——平——东南——东南——什么——什么——槐——槐——记不起来了，反正记不起来了。”玉英有意装聋卖傻迷醉司机说，“你把我送到兴平县城，兴平的出租车司机肯定知道县城东南有个槐啥村。我坐他们的车去能找到。”

“那咱们问一下兴平县城的人，不就知道了吗？”出租车司机说，“你坐的出租车，何必又换出租车？这不是脱了裤子放屁呢！多此一举吗？”

出租车司机将玉英问住了。玉英的脑子又生一计，她说：“你看我这记性，前一月我姑不好，我还去看望我姑来，我姑家村西有条大渠桥断了，车去要远好多路，干脆你把我送到兴平县城的东南角，我步行去也就是个把小时，又没啥事闲转呢，走一走也好。”

“你是主人，我是车夫。说白了就是过去给主人抬轿的脚夫，专门为主人出行服务。主人说上山，我不能下川，主人说向南，我不能说向北，但我从你三番五次不断变化的话语中，可以猜出你心里有啥解不开的难事。如果可以的话，也就是你相信我的话，你说给我，或许我能帮你解开你心里这个疙瘩。”出租车司机以诚恳热情的目光看一眼玉英问。

“你这个人呀，不该问的都胡问，我能有啥事！我心里有事还能闲得去我姑家游玩。你一个开出租车的，猜测客人的心事，已经犯了大忌，今后应该注意。”

“你说得很对，我今后一定改正，感谢你的提醒。”

出租车已经过了贞元，玉英打开了车窗玻璃，渭北平原的景致尽收眼底。十月底的渭北平原，死寂苍凉，没有了娇艳，没有了红果绿叶的装扮，该收的收了，该种的刚埋入土中。土丘黄岭一片苍茫，荒芜得像一张百岁老太婆丑陋的脸，只有寒风带着一种诡秘的情调，戏弄着雾气中的万物。大地摆出寒枯的容貌，唯有坡坎上那强势而不怕寒冷的野菊花，给寒风中释放着醉人的香气。

出租车停下了，车旁的大门上显亮着"兴平氮肥厂"五个大字。司机喊："到了，这里就是兴平县城的东南角。"

她问司机："车费多少？"

"十八元钱。"司机收了钱后，调转车头，"嗖"的一声向西跑了。

出租车走了，它驮走了玉英丢落在满车内的恍惚、恐惧和战栗。这时的玉英感到极大的幸运，她庆幸天赐良机给她创造了意想不到的机会，让她跑出虎口逃婚至此。这时的她天不知地不知、神不知鬼不知，自由自在，乐在其中，但一想到金田哥的伤残，她的内心也不好受。她打了尿颤想解手，这里又没厕所，干脆找家饭店，饭店都有卫生间，解完手顺便把肚子填饱。她向西拐进了兴平南街，来到一家"万盛饭店"，刚入店门，一位中年店主笑脸迎客地问："想吃啥饭？"

"一碗炸酱面。"她想了想说。

"好的。"这中年店主手指座位让她坐下，她点了点头表示谢意地问："卫生间在哪里？"那中年人指了指卫生间的门，便大声向厨房喊道，"炸酱面一碗。"

中午十点，早饭已过，午饭未到，吃饭的人不多。她从卫生间出来不大一会儿，饭就端来了，她边吃饭边问中年人："大哥，我想饭后找个出租车，啥地方有？”

中年男人笑了笑，指着另一个饭桌上正吃饭的青年人说：“该你幸运呢，这年轻人就是开出租车的，你俩人都是想吃荞面遇上了饸饹。姑娘，你想去哪里？”

“省城。”

“好的。”中年人在那正吃饭的年轻人背上拍了一把说，“这客人是人家姑娘寻你的，不是你开上空车寻下的，饭后将姑娘送到省城，少收两元钱，行不行？”

“行，你大哥说呢，能不给你个面子。”

玉英不由得嘴里念道：“世上还是好人多。”

饭后，出租车沿北大路颠簸了半个小时就到了省城的玉祥门。司机问：“到底去哪里？”

“去南郊的西兴砖厂。”

“你去过没有？”司机问。

“没去过。”玉英说，“到了南郊问一下出租车司机。”

“你想得不错，可你不坐他们的出租车，他们绝不会告诉你西兴砖厂在哪里。”

“照你这么说，还非得坐他们的车？”

“也只得如此。”

出租车在省城里拐东拐西，拐南拐北。直拐得玉英弄不清东南西北，她心里也就梳理着一个真理：难怪城里人聪明，他们整天长久得在迷城里拐，拐着拐着心眼也就多了几个曲曲弯弯。他们就凭着心灵中的这些曲曲弯弯，不出力流汗地经商挣钱。可农民呢！心不曲脑不弯，真正的一条直线，他们靠的是出力流汗挣钱。城市里的高楼大厦，哪一座不是农民工一砖一瓦盖起来的。

“到了。”司机一声喊，把玉英从沉思中唤醒。

“这里是啥地方？”她问。

“这里是韦曲，是西安的最南边。前面有三辆出租车，你先去问一下，看他们知道不知道西兴砖厂，我在这里等你。”

玉英跑到三辆出租车停放的地方问：“你们谁知道西兴砖厂？”

三人齐答：“知道。”

玉英给兴平出租车司机开了钱，坐进了韦曲的出租车，向着西兴砖厂飞奔着。

二十九、虎娃金菊结了婚　婚后互爱感情深

虎娃担着水桶回来了，他放下水担和水桶后，金菊端来了洗脸水和毛巾，虎娃洗完脸后，金菊把准备好的鸡蛋汤和油饼已摆好在小茶几上。虎娃看一眼这几年没吃过的烫面油饼说："妹子，你不该费时费油地做这么多好吃的，我又不是别人，都是自己人，随便做些饭吃饱了就是。"虎娃坐在金菊为他摆放的小凳子上，狼吞虎咽地吃起来。

金菊看着他的吃相说："你干的是出大力的活，吃不好哪来的力气。"

"要说力气，浇苹果树这活确实需要力气。路难走，坡又陡，两桶水担上去就剩一桶多了。长期这么干不是办法，力气再大的人也会累垮的，我琢磨来琢磨去，终于想了个好办法。"虎娃炫耀似的告诉金菊。

"啥办法？"金菊问。

"在果园房的西边打一眼大窨，窨打成后，在美水沟底打个十二米长的土洞，把美水沟的溪水引入窨内，窨上砌一砖墩配上辘轳，一人搅水，一人担水浇树，即轻又快，省时省力。你说好

不好？”虎娃表功似的问金菊。

金菊两眼长时间瞪着虎娃，脸上表情由静变笑地说：“你这个人让人识不清的懂不来。说你傻吧，你能想出这么快效省力的打窖方案，说你聪明吧，你不像个正常人，见了女人就害怕地躲开。一点男人味儿都没有。”

“妹子，你别评说我人，你说这窖打不打？不打我明天就继续担水浇。”虎娃放下碗筷问金菊。

“打。”金菊把金狗抱在怀里说，“不打我怕把你挣死了，我心里还舍不得呢！我明早把金狗送给我妈，中午咱就开工。”

“你今晚就缝个吊土的布袋子，不要太大，太大了你吊不动。”

“怕把我挣了，我又不是你媳妇，操的闲心。”金菊有意要笑虎娃，虎娃还以眉开眼笑的表情走了。

金菊和虎娃在一起打窖，活是够苦的，可他们感到舒心幸福，自由自在，精神愉快。她处处体贴着他，他时时关照着她，他们是一条蔓上的两个苦瓜。

寡妇门前闲话多，男人们谁敢帮她干活呢，谁把她当人看呢，只有她的义兄虎娃。

虎娃在窖中挖土打窖，金菊在窖上吊土，虎娃怕金菊吊不动，总是把布袋装不满。金菊总觉得吊起来太轻，就喊虎娃：“亲爱的哥，你能不能把布袋子装满一些，我吊得动。”

“妹子，你别心急，人常说轻而快，少装快运不挣人。”虎娃在窖下喊。

“明天我在窖下挖土，你在上面吊土。”金菊说。

“不行，好妹子呢，下面危险，有沙层。万一出个事，你有孩子呢么！”

金菊流泪了，虎娃的话感动得她不由得热泪盈眶，她不停地叮嘱虎娃：“你多留点神。”

路遥知马力，日久见人心。她不知从哪一天起，把心老贴在他身上，怕把他挣了，更怕把他塌伤了，也怕他把衣服弄脏了。为什么，她也说不清，也许是她这辈子命苦，他也命不香的缘故，但她坚信他是个好人，大大的好人。她给他洗衣服，做点好吃的偷偷给他一人吃，他越吃得香，她越心里甜，他吃的时候，她总是坐在他的对面，两胳膊弯撑在大腿上，两手扶住两腮，放出绵绵的笑，两道渗人心肺的眼神久久地投到他的脸上，他不敢正正气气地瞅她的脸，他经历得少，眼睛的耐抗力低。他常用飞快的目光扫她一眼，他嫌她那目光太刁太媚了，像只勾魂的钩子，勾得人心神不定，心慌意乱，只要他扫她一眼，他就感到极大的满足。她看透了他的心肠，偏要让他看个够，由他看。她情愿这么做，每当他看她一眼的时候，她心里就轻松一些，她似乎要用这带着重量的情意，去弥补他损伤的心灵。通过这次打窨的相处，她更加深了爱他的感情。

“把手给我。”每当他上到窨口的时候，她总是喊。

“我能上来。”他起初总不愿把手给她，她总要用两手紧紧地握住他的手，把他拉上来。随着这种情况的增多，他也习惯了，但每当他的手拉着她的手时，是摩擦起电吗？他的手麻酥酥的，一直麻到了心上，流到了全身。

已是傍晚的时节，他已上到窨口了，她用两手狠狠地拉了他一把，是无意的用力过猛呢，还是她有意这么用心呢，她和他都闪倒了，他伏在了她的身上，两人的嘴几乎合在一起。她软软地笑着，眼里充满着诱人的期待，两手搂着他的脖子，他浑身颤抖，心在肚里打鼓……

他终于分离了她，他只是初尝了女人的温暖，别无他事。近三十岁的人了，他头一回经受这场面，够怕人的。

“妹子，对不起。”他难为情地说。

“是你对不起，还是我对不起？”她问。

他说不清，但他却看清了她的意思，他觉得自己太心实了，不该伤了她的一片心意。

一个整夜，他睡不着，他在推算一个真理：世界上到底是男人爱女人呢，还是女人爱男人？

她也彻夜睡不实，一入睡就梦见他睡在她身边，但他像个木头人，无情无义的木头人。

他在窖下累死累活地挖土，她在窖上手忙脚乱吊土。手脚够忙的，神志也够忙的，她想他本分、厚道、少言、勤劳，人缘又好，能和他长期在一起，该多好。

“刁妇！”她镇静过来后笑自己，骂自己幼稚，不该去想那些单相思的事情，至少现在不能想，要专心吊土。可她心中那不断生出的毛毛虫，搅得她心不定、神不宁，她更可怜他这辈子没见上女人。

“啊！”她的心神松动了她的手劲，土袋子从窖口掉了下去，她慌了，拼命地喊：“快躲开，土袋子下来了。”她恨自己不该走了神。

“呀——”的一声从窖底传到窖口。

她开始下窖了。

“妹子，别下来，”他在窖底喊，“砸在了脚上，是软土，不要紧。”

她不理他，一直下到窖底，她扶他坐下。

“这里痛呀不？”她掐着他的脚问。

“不痛。”

“这里痛呀不？”她掐着他的大腿问。

“不痛。”

“这里呢？”她摸着他的肚皮、胸脯问。

“也不痛，啥都不痛。”

她悬在空中的心“咚”地放下了，她笑了，他也笑了。

……

打窖工程完工后，他们三天浇完了苹果树。

自这以后，他像丢了魂儿，常常把脚印丢在金菊的院子里，但不是白天，都是晚上。

好话不出门，瞎话一溜风，村上人都闻到了这事的发展形势。

王贵的头扭得像牛犄角，嘴噘得能拴一头驴。他到处喧嚷：“这是阶级斗争的新动向，不打击不足以平民愤。”眼神凶神恶煞的，这气势真像谁霸占了他家的房，他在金菊的头门暗处蹲了三个晚上，连个人影都没逮住。捉奸捉双，没有证据，有什么法子。

村上的金七老汉这些天也变了神儿，既不说古论今，也不传报奇闻了。整天把烟锅抱在嘴上亲，根据老汉的经历，村上每出现奸情，就会出些没头没脑的邪事。那年金二丑的媳妇和大麻子家的三儿子通奸，被金二丑和弟弟金三丑逮住了，三丑这小子气勇，一棍子打死了二丑的媳妇。后来这小子被判了个十年徒刑，现在还在服刑。金七老汉一想起这些事，就身上直筛糠，他是村上年龄最大的，外村人都知道他金七老汉在金山村的威望，做事没人挡，说话没人顶，就连乡长见了他也得给个笑脸。村上出了这样的邪事，他总不愿让事态再向可怕的境地发展下去，可他一想起虎娃和金菊这两个苦命的人儿，就又心软了。人到世上来一回不容易么，虎娃总不能这么白来一场，金菊命也不好，够可怜的，看在他们的面子上，他想找个人给虎娃和金菊通报一下：有那么一回半回也就够了，风声够大的，只要以后不再……可谁去说呢，话就这么说吗？有啥根据呢？金七老汉整天为这事犯愁。

支书金明已经胸有成竹了，他心中的意愿就要实现了。他也知道金七老汉为此事而犯愁，他决定去找金七老汉。

“七哥在家吧？”支书金明一进金七老汉家的大门就喊。

“在，在。噻！是老支书来了。”金七老汉从炕上爬起来。

“怎么，这一向人不好？”

“没啥，闹点肚子痛。”

“怪当这一向不在大槐树下吹牛皮了。”支书金明打趣地说，“我看怕不是肚子疼，怕是头上的病。”

“唉！血压也有点高。”

“算了，别装洋蒜了，我今天能压你这高血压。”支书金明从袖筒里溜出一瓶“法门寺特曲”，“咱哥俩呷上几盅，再把这事商讨商讨。”

“啥事？”金七老汉取出了酒盅。

“虎娃和金菊的事。”

“虎娃和金菊有啥事？”

“别再狗吃麦青——装洋（羊）相了。”支书金明呷了两盅酒，把酒瓶递给了金七老汉说，“我想了个两全其美的办法，叫虎娃和金菊合成一家，不就身正名顺了吗？”

“金菊的父母通得过吗？”金七老汉有点怀疑。

“都啥时代了？只要金菊和虎娃愿意，领个结婚证，谁还想咋，咱俩作为证婚人，谁还敢说啥。邪事不就成了正事？”

“谁出面说合？”

“当然离不了你和我。”老支书沉思片刻，“你说虎娃那里。我去金菊父母家，一说出去，就得说成。”

“这——”

“这啥？”支书金明意图坚定，“闹出麻烦有我。”

……

一切都按支书金明的计划落实了，第二天金菊和虎娃就去乡政府领了结婚证。

第三天，金明书记请来了乡政府的民政干事作为主婚人，他和金七老汉作为证婚人，在君宏饭店和金菊的亲戚朋友们一起为虎娃和金菊举行了隆重的结婚典礼，完满了两个苦命人的人生幸福。

三十、铳王醒后被请回　没了新娘照待客

铳王金正还未走入法庭的大门，就被几个小伙连推带拉地“请”回到了包工头的上房。包工头“扑通”一声跪倒在铳王金正的面前说：“大叔，你也是走州过县的明道理的人么，今儿是儿子结婚大喜的日子，啥事都别说了。过了今天，你咋闹都行。”包工头从身上掏出五百元钱给铳王金正说，“这是你和你儿的工钱，你收下，甘肃民工的钱，我也会给人家的，你放心。你也别给法庭上跑了。”

铳王金正点了点头，表示今天不闹了。

管事的中年人上前一步说：“再给铳王五十元，算是今天放铳的钱。”包工头又给了铳王五十元。管事的中年人给铳王金正一盒猴王烟，满脸带笑地说：“铳王叔，你看今天来了这么多客人，多年不来的亲朋好友都来了，为了今天这个喜事，多少人忙了几天。可新媳妇不见了，你说这客咋待呀？”

“啥话！你说新媳妇不见了？”铳王金正也感到震惊，“她刚才不是还在吗？！咋就说她不见了，哄人都不会哄。”

“刚才是在的。”管事的中年人说，“刚才她不在的话你可能

就没命了，别人都不知道你兜里有救心丸，只有她知道，说明你俩很熟。她不但知道你兜里有救心丸，还知道你犯的是心脏病，这说明你和她不是很短的熟，而是很长一段时间的熟，相互都了解的熟。所以说她逃走的去向你是应该知道的。”

铳王金正假借装烟，将手伸进衣兜摸了摸，速效救心丸仍在衣兜里，儿子的信不见了，他这才从心里百分之百肯定，玉英带着儿子的信去西兴砖厂找儿子去了。这便使他坚定了为玉英保密的信心。他瞅一眼那管事的中年人说：“你说得轻巧，那么醒目的人人都看的新媳妇说不见就不见了？她有障眼法，满院的人都看不见她。她是封神榜上的土行孙，从地下钻着跑了？”

“你不来也许她不跑，你来了她跑了。关键是你来后为你的工钱大骂大闹，她一听这家人做事不本分，怕今后在这个家庭受气挨打，也就想跑了。”管事的中年人眼神不换地盯着铳王金正说，“最重要的是你犯病造成了全院人的混乱，没有这个混乱，她没法逃走，是全院人把心情和眼神都集中到了你身上，才给她创造了逃走的局面。老叔，新媳妇跑了，你要负主要责任。”

“我负屁责任。”铳王金正知道玉英已经安全地逃走了，他说话的语气更硬了，“有理咱到法庭上去说，你别拿大帽子塌我。”

管事的中年人知道今天的婚事没领结婚证，是抢婚。口气也就软了下来说：“好我的铳王老叔呢！你也是咱方圆知名的人士呢么，叫你负责是法娃他妈没法了，向你求情呢！你权当行善呢，帮忙把新媳妇找见，把今天这客待好，把婚事办好。”

正当管事的向铳王金正求情问话的时候，包工头的婆娘举架着满脸的愁苦来到上房说：“彻底不见了，家里街上找遍了，彻底不见了。”

包工头走上前去，在婆娘脸上狠劲地扇了两耳光：“叫你陪同新媳妇呢！你把人陪到哪里去了？”

包工头的婆娘涕一把泪一把地说：“我一上午把腿都跑肿了，厨子要这呢，管事要那呢，新媳妇不见了就怪我呢！啥事都不怪你，你不欠人家民工的工钱，今天就出不了这丢人没深浅的事，也就丢不了媳妇，还险些闹出人命来。”

“嫂子，别说了。”中年管事的说，“家丑不可外扬，今天啥日子？满院都是人，别叫外村人笑了咱。现在局面已经失控了，但咱思想上要冷静，你两口子要显得没事一样，今天的客照常待，该咋待就咋待。寻媳妇兵分两路，一路是早上娶媳妇的人去她娘家看看，肯定不在娘家，主要是叫她爹妈帮咱寻人，我开上手扶拖拉机把铳王老叔送回家，顺便也看看。迟早寻见了，哪怕十天半月寻见了，在院子里随便拜个天地和父母，就入洞房了。”

下午三点，寻媳妇的两路人马都回来了，没寻到任何音信。

三十一、省长亲自查案情　王强被判八年刑

时间是磨消记忆的砂轮。

一个月之后，银菊的情绪渐渐稳定。秋田的收获使她和母亲云凤日夜紧张忙碌着，儿子交给父亲去管，繁杂的生活像乱麻絮一样让她整天梳理不清，她那损伤的心灵只能从熨斗似温存的儿子身上得到烫平。金刚的形象有时流星似的在脑海中闪现，她在人生的道路上艰难地颠簸着。

这天中午，她从地里回来后，把儿子抱回房子，儿子抓住收录机玩耍，打开了收录机，收录机里响出了村主任王强调戏她的下流声音，接着是她求救喊叫的声音。她不由得心里一惊而颤抖出周身的轻松和暗喜，她有了一种如获珍宝的惊奇，她听出了那天放在地头的收录机录下了村主任王强调戏她的语言和过程。她从儿子手中夺过收录机，关了房门，打开了收录机细细地听着，她也明白王强那天来到地头时，她当时就感到来意不善，慌乱中竟无意压下了录音键。她听完录音后，长长地出了一口气，录音机录下了金山村村主任王强调戏、强暴她的全部语言和过程，这是铁的证据。有了这盘录音带，看他王强还能抵赖个什么。惊喜

中，她想起金刚不该喝农药，他要是现在还活着，就能看到金山村村主任王强输了，到那时，咱再好好过咱的日子，他王强总得有他应得的下场。她将收录机收藏到一个严密的地方。

晚上，她带上收录机，去找村支书。她给村支书放了录音，村支书听完后说："告他，但要吸取以往的教训，不能在本县以内告，他县乡都有人，告也是白告。要告就给省上告，最好告到省人大，但必须将他的作为，特别是勾结黑社会欺压民众的事，写个详细的材料，这材料我写。你准备一下，将来去省上你一人去，避免人多目标大让人知道，为了保证告状的绝对成功，此事不能让任何人知道。切记！"

"这个我懂，大叔放心。"

……

事有凑巧，第二天，县文化馆的那位干部来给银菊通知报喜，银菊的剪纸和扎的草人在省上举办的民间艺术国庆大展赛中被评为一等奖第一名。叫银菊后天去省上领奖，而且还说省长要接见这些受奖者。此事给县上争了光，县长决定派县妇联一名女干部陪同，用专车送银菊去省城领奖。银菊很是高兴，她很感激这位文化干部，她说："我能得奖，全是你的功劳，但请目下不要将领奖的事告诉村上、乡上，我有难言之处，请你谅解。"

文化干部满口答应："我依你的，那后天送你的车来不来村上？"

"不来村上了，早晨六点在法门寺东的美水桥上会面，我一定准时赶到，麻烦你们了。"

文化干部再三叮嘱："后天省上的颁奖大会是早上九点开始，车行两小时，八点必须赶到会场。宁可提前，不可误时。切记！"

银菊说：“请放心。”

文化干部走后，银菊立即将此消息告诉了村支书，村支书很替银菊庆幸。他说：“恶有恶报，善有善报。也该天助你了，偏偏也就来了这好事。后天省长接见你们时，你将我写的这份材料和那盘录音带一同交给省长，大事必然告成，但在未见到省长之前，我再次叮嘱你一句，此事不敢让任何人知道。”

……

小车在西宝高速公路上飞也似的奔驰着。

十月的渭北黄土高原，一片光秃秃的凄凉。无绿的大地，老婆脸似的没有喜色。季节也像人生，有红花绿叶的兴旺时期，也有枯枝落叶的残败之时。带刺的寒风，摇摆得光秃的树枝咯吱吱响，像衰老惨痛的老人在呻吟，树下的小河溪流，呓语般地向前蠕动，像小孩子去寻找母亲。唯有河岸边飘香的野菊花，显现着它的特色。

八点十五分，小车赶到颁奖大会外的广场。县妇联的女同志领银菊去会场报到，报到的人很多，当人们知道她就是拿走头等奖第一名的银菊时，都把羡慕的目光投向了她。有记者立即赶了上来，问她何时开始剪纸，草人为何能扎得如此活灵活现，谁是辅导老师，她都笑着回答。

会场两侧，摆放着获奖作者的作品。银菊的剪纸和草人在右侧的第一个展台上，周围站着好多人，人们都把赞扬的言辞吐落在展台周围。

颁奖开始后，银菊第一个走上了领奖台，是那样从容自然，没一点儿乡下人的局促。当省长将一面奖牌和两千元奖金送到她的手上后，她激动地流了泪。省长握着她的手鼓励她要不断努力再创新绩，争取作品走出省外，她向省长保证，决不辜负领导的期望。省长叮嘱她有啥困难就说，她顺手将带来的材料和录音带交给了省长，说：“我求您办件事。”省长接了后，她向省长鞠了个大大的躬，迅速走下了领奖台。

……

二十五天后的一个中午，钱乡长接到县上的紧急电话通知：由省长带队的治安综合治理检查组，两小时后要来该乡检查工作。县上要求钱乡长做好接待准备。钱乡长很是高兴，一省之长要来一个小乡，真是千载难逢，也是他个人的一次机遇。他准备以一年来乡政府在综合治理方面的政绩和他播音员一样的口才来震惊省长，或许能被省长发现他这个人才。

他立即召集机关同志，打扫院子和会议室卫生，安排司法所张所长准备材料，从迎喜宾馆借来两个服务员沏茶倒水，并安排了录像机，他要将这次重要的接见活动录制下来，以示荣耀。

由县委书记、县长陪同的省检查组到来之后，钱乡长带领机关全体同志夹道欢迎。客至会议室后，两位满脸笑容的服务员立即送上清茶，乡长亲自将五盒“好猫”烟放在客人面前，招呼大家抽烟。

县委书记一番简短的情况介绍后，让钱乡长就本乡的治安综合治理工作给检查组做汇报发言。钱乡长那洪亮的声音便滔滔不绝地飞扬在会议室中，他最后讲道：“一年来，我乡一直把治安综合治理作为头等大事来抓，下至村组干部，上到机关全部人员，大家注重一个‘实’字，抓出一个‘好’字。既保证了一方平安，又给每个村民一个安全感。从未出现过任何上访事件……”

省长招手让他停一停，问道：“你们乡的地盘内，有没有个叫黑蝎子的黑社会头儿？”

钱乡长立即感到不妙，眼皮闪了闪，答道：“有，但此人经常在外地活动，我们从来未抓到他的任何把柄。”

省长又问：“你们乡有个叫金山村的村子没有？”

钱乡长答道：“有。”

省长问：“金山村的村主任是不是叫王强？”

钱乡长答：“是。”

省长说：“请你介绍一下金山村村主任王强的情况。”

钱乡长说：“此人是县人大代表，工作上很有力度，各种上缴款项，都能按时完成……”

省长说：“我这里有一封群众来信，让我的秘书给大家读一读。”

省长秘书就读了起来：“关于金山村村主任王强对我施行暴力强奸被我刺伤之后给我家带来的累累灾祸的情况反映。我名金银菊，女，24 岁，住三龙乡金山村三组。1998 年 8 月 26 日晚七时，我在地头看谷，金山村村主任王强从玉米地里溜了出来，对我百般调戏，遭到我的拒绝后，就施行暴力企图强奸于我。我出于无奈，想用纳鞋底的锥子刺伤他不致命的大腿根部让他醒悟，但由于他紧抱我的姿势的变化，造成了我刺伤他睾丸的后果……”

此时的钱乡长，坐在凳子上一动不动，没有了声气，眼睛盯着面前的稿纸不敢挪位，头上的冷汗贴满了头皮。

省长秘书仍在读材料上的字句：“我在送达这份材料时，同时送给领导一盘录音带。我在用收录机放歌曲时，金山村村主任王强从玉米地里钻了出来，惊恐中的我慌乱地按下了录音键，无意中录下了金山村村主任王强调戏、强暴我的过程和话语，这成了金山村村主任王强无法抵赖的证据。”

省长秘书读完材料后，省长指示秘书：“放一下录音带。”

秘书取出一个小巧玲珑的单放机，按下了播放键，单放机中响起了金山村村主任王强调戏银菊的下流言语和银菊的求救声……

县委书记、县长都把责怪、不悦的眼神投向了钱乡长。

钱乡长如坐针毡，上下为难。为了挽回面子，他寻找辩解的理由，他用祈求的目光看一眼省长说道：“这银菊未向我们提供这些证据，两个人的事，我们就无法说清。”

省长问钱乡长：“假如说我们的一乡之长整天与金山村村主任王强这样的人混在一起，称兄道弟，麻将牌垒在同一桌上，群众该怎么看待这位乡长？虽然说乡长与黑社会没有直接的联系，但他却经常出入在与黑社会头儿关系密切的人家中，群众怎么去信任这位乡长？群众不信任的人，能向他吐露真情吗？当群众不相信他，而且愤恨他时，就会越级上访。像金山村村主任王强过去强奸妇女的事，是谁给包庇了下来？金山村村主任王强这样胆大妄为地欺压村民，是谁壮了他的胆，难怪有些地方党群关系的距离越来越远，甚至于形成狗咬干部人不管的局面。我们都问问自己的良心，是群众不对，还是我们自己有错不改……”

县委书记以惶惶不定的神情代表县委县政府做了官僚主义式的检讨发言，表示要立即查明事实，严肃处理，决不手软……

当天下午，危害一方、罪恶累累的黑社会头目黑蝎子被捕。

金山村村主任王强及儿子王贵闻风而逃，去向不明。

第二天，由县委副书记带队的工作组进驻了金山村，一个月后，王强以贪污公款六万元、强奸妇女罪被判刑八年，住进了他不愿住的牢房里。钱乡长因知情失职给予警告处分。黑社会头儿黑蝎子，以替人讨债打伤多人，打残三人，吸毒等罪判处有期徒刑六年。银菊被调入县文化馆，负责剪纸和戏剧脸谱绘画培训普及工作。

三十二、王贵赌博赢了钱　狼狗咬断生命线

冬天不是好日子，冬天对吊挂在乔山脚下美水沟西岸半坎儿上的金山村人来说，气脉总是有点儿怪。撕不断的细雾日弄得太阳不像太阳，像吊挂在细纱帐背面的日光灯，村西的鬼门崖折腾的昼夜总是走得不太正经。风像冰刀子，伤得人喘气都怯，冷得小孩直叫唤，可成年人特别是那些不安分的成年人怪异地总说冬天是好日子。

种罢麦，金山村的婆娘们总爱穿上能表现身份和色彩的新衣裳，去法门镇上拃几斤猪肉，买几两十里花香茶，再带上两条猴王香烟和两瓶好酒。回来手脚勤勤地，气氛浓浓地，话语甜甜地，“吃啥呀吗喝啥呀”地好好补养男人们。然后，男人们就紧紧地抱着女人美美地睡上几觉。然后，男人们就都干脆利索地忘掉婆娘们，去撩承自己那些生财进宝的行业。正山爷家的白灰窑开始冒烟，金水家的豆腐坊浆水流淌，毛旦家的铁匠炉响声叮当，王五家的爆花糖机吼声飞扬……谁也不想耽误冬天这段黄金时光，钱挣得越多越疯越馋。都不知道天高地厚地骂这白天生得太短，夜晚生得太长。可不是所有的人都这么骂，王二丑就骂白天太长，

夜晚太短，唯独金六既不怨白天，也不骂夜晚，视天地日月如故，昼夜时卯正常。

王贵的头不小心碰伤了，再加上他爸坐了牢，为了不被人看见，王贵已在家睡了三天不出门。王贵妈数落王贵："你这么整天吃了睡，睡了吃，这不是常法。你看村上人都手忙脚乱地挣钱呢，咱不能老是闲着没事干，你去县城找二丑帮个忙，给你寻个事干干，不添斤添两呢。自从你爹坐了牢，家里变成了一潭死水，一点收入都没有，你也不想想办法，单知道睡觉。"

"我下午就去县城找二丑。"王贵说，"他和咱是没出五族的一个祖先的后代，打断骨头连着筋，他能不帮咱个忙吗！"

"你给二丑好话多说，只要他给你寻个能长期挣钱的工作，咱以后好好谢人家。"王贵妈叮嘱王贵。

下午五时多，王贵来到王二丑经营的"极乐园旅社"，一进大门，吧台上那位服务小姐热情地问："住宿吗？"

"寻人。"王贵说，"也住宿。"

"寻谁？"吧台服务小姐问。

"王二丑。"

"王哥现在正忙，我先开个房给你住下，晚饭时再见王哥。"吧台服务小姐说，"这里有张住宿表，你填一下……"

"住宿还填表？"

"公安局规定的，不填就罚王哥钱。"

王贵被安排在一间单人房间，房子不大，但却摆设得也够入时，一铺大床，一张桌子，一对单人沙发中间插着一个茶几，茶几上坐着一盆塑料花。王贵一屁股塌进了沙发，才觉出了一天的困乏。

"贵哥，擦擦脸。"那位女服务员端来了一盆热水，声音清脆像铜铃。

王贵不由得两只眼睛落到那服务员小姐的身上，他的身子一颤，这姑娘长得处处喜人，那轮廓分明的苗条身段上举架着青春泛滥的俊俏脸庞，一对勾人魂的大眼睛，瞄人一眼入木三分，令人想入非非。那姑娘给他沏了茶，出去了。

时隔不大会儿，那姑娘给他送来了饭：“贵哥，趁热吃。”

“你咋知道我叫王贵？”

“表上填的。”

“你叫啥？”

“丁妮。”

“啥地方人？”

“西山人。”

“一月挣多少钱？”

“由着王哥给。”

放足了肉的臊子面，在丁妮的热心服侍下，他足足吃了五碗，很香。

他抬头时，两个人的目光又定格在对方的脸上，丁妮送给他一个绵绵的笑和一声轻柔的细语：“贵哥。”

“嗯。”

“晚上。”

“啥事？”

“我陪你，行不呀？”

“这——。”

丁妮出其不意地在他脸上亲了一口，随即滚动着一串串的笑声。

王贵的心一下子提到了喉咙口，周身像触了电，热流翻滚，心绪起伏。他迷糊了，一切都忘了，想着甜蜜的美梦：真能和丁妮睡一晚上，一生也就满足了。霎时，他的心绪又旋了过来，万一被公安局逮住，手铐套在手上，丢人没深浅。他用斜眼射了丁妮一眼："我没那余钱。"

"只要二十元。"

"我怕公安局。"

"这个你放一百个心。"丁妮握住了王贵的手，"王哥这旅社养有狼狗，晚上十二点狼狗给出一放，谁也别想溜进来。"

"我怕！"

"没出息。晚上怕，白天该不怕吧？咱现在来个短平快行不行？"说着，丁妮一抱搂，王贵心跳如鼓地喊"门"，丁妮关了门……

天慢慢黑了下来，丁妮把王贵领来麻将室，二丑正在打麻将，村上的四狗也在场。二丑一看王贵来了，忙打招呼又让位地说："你来。"

"没带多余的钱。"王贵推辞。

"钱不够尽管说。"二丑将王贵推上他的位子说，"先给你五十元，完了你喊我。"

王贵自从父亲坐牢后，没人请他打过麻将，开始有点生疏，没过十码，就出牌利刹，心有谋术，接连取胜。他奇迹般连坐十二庄。赢了一百多元。

夜半时分，那不争气的尿水憋得他实在受不了，这房子都没设尿盆，他喊了声："停两分钟。"就慌忙跳下床，鞋也没穿，提着裤子想跑，又不能跑，腿直直的，头昏昏的，坐了半夜，这腿总是不灵便，他刚一跑出房门，狠狠地吸了两口冷气，尿水越发紧火了。院子里黑得分不出天地，他摸到个墙角处，就掏出那排泄人体废水的东西，把憋了半晚上的尿水高射程地射了出去……

狼狗虎子正在做着鸳鸯美梦：它梦见那具有高度女性风采的利利今晚怎么来了，来得这么如愿，这么令它心动魂欢。去年这个时候，利利来过一回，这家伙很懂，也很能调动淫爱之情，把它引逗到极度激情的时候，利利才给了它。它俩如疯如狂得倾泻到腿蹄实在无力支撑的时候，才躺倒喘气作罢。今晚利利来后，又是同它喜眉亲嘴，又是贴身蹭脸，翻滚耍架，媚态千般地挑逗它，激得它淫情如驰马脱缰，欲罢不能。利利终于收了狂野，尽力相迎,在利利认真负责的配合下,它开始了醉心忘魂的抖动……

“喷——”

不知是啥东西向它呛来，吓跑了利利，冲散了美事。黑暗中它忍着极度的愤怒，先没声张，充足元气，瞅准了向它射来这东西的出发点，狠狠地下了一口……

只听“啊——”的一声惨叫，王贵就倒在院中。王二丑和其他三个人赶忙向出跑，黑天黑地黑角角，不管三七二十一,八只手先把王贵架回屋里。电灯光下，八只眼睛都紧紧地盯在王贵那血流不止的地方，八条腿都索索发抖，四张口都大声喊叫：

“天爷爷，咋日下这麻达。”

“我的三爸二百五。”

“爷呀，这咋说呢？”

“快！快送县医院。”

王贵醒来后，已经躺在县医院的病床上，这房子三张病床，只住着他一人。他揭开被子一看，那生儿育女的东西彻底不见了，那地方贴缚着厚厚的一层纱布，纱布中间插着根细细的导尿管。他惊慌着、战栗着，忍不住惨惨地喊了一声：“我的妈呀——”就昏倒在床上，那包藏着万分忏悔和悲愤的泪水，像打落的酸枣一样从眼睛里向外滚动着……

书记金明和王贵他妈，被王二丑叫的出租车拉到县城医院后，王贵他妈揭开被子一看，只听一声“啊——”，便不省人事地昏倒在地……

书记金明两眼盯着二丑问：“你设赌害人，造成现在的后果，你说私了呀吗公了呀？”

“私了咋说呀吗公了咋说？”王二丑问。

“要私了好说，你有两个男娃，大娃应该五岁，小娃应该是三岁，把小娃过继给王贵，你俩家又是没出五族的一个血脉，啥都合适。要说公了，把人伤成这样，除了罚款，可能还要坐牢，你的旅社也就开不成了。”

王二丑思索了半天，终于同意私了。

书记金明叫王二丑写了份“私了保证书”，以防他反悔。

三十三、玉英金田哭伤情　俩人誓死不分心

韦曲的出租车把玉英送到西兴砖厂后，玉英付了车费，司机并未离开，这位好心的司机说:“你一个女孩子家，没找到你要见的人，我不能走。万一找不见人，我不能把你丢在这里不管。因为你没来过这里，再说人生地不熟的，我在这里很熟，你把要找的人的名字告诉我，我给你问去。”

“大哥，你真是个好人。”玉英感激地说，“我找的人叫金田，让砖机把腿给伤残了。”

那个好心肠的司机走进砖厂问了两个人，就出来告诉玉英:“金田前天才从医院回来，人在砖厂看护房里，你跟我来。”

俩人走到看护房跟前，那热心肠的司机说:“我走了，你进去，金田就在这房里。”

玉英失急地推开房门，进入房子，金田还在蒙头睡觉，玉英手快地揭开被子一看，不由得大声哭喊着:“金田哥，你咋伤得这惨的?！半条腿不见了，金田哥！”

金田被哭声惊醒，一个射箭式地闪动便坐在了床上，他愣愣地看着玉英，不敢相信这是真的，他揉了揉眼睛，看清真是玉英

时，玉英已经扑到他的怀里，俩人无法控制地抱头痛哭，欲罢不能。俩人的泪水激荡着相互的心灵，刺痛着各自的神经，这泪水包含着残忍的、无情的人生遭遇，也流淌着今后的艰辛生活……

“你怎么知道我还活着？”金田止了泪水，也给玉英擦了眼泪问，“又怎么知道我还在这个砖厂？”

“是老天爷告诉我的。”玉英把不悦的脸色展现给金田说，“不是老天爷告诉我你还活着，没有一个人敢胆大地违反你的禁令告诉我你不但活着，还躺在西兴砖厂的看护房品觉呢！”

“老天爷是千里眼，会说话，它告诉你穿上新衣服来这里会我，骗人都不会骗？”

“真的，不是老天爷给我创造了机会，这辈子咱俩就天各一方，无缘相会了！天意呀！真是天意难违。”玉英仍泪流满面。

“到底是怎么回事？”金田也被玉英的眼泪惹得泪如雨下。

“自从你爹来到我家，泪流满面地诉说着你在砖机上的遇难经过，叫我父母给我另择人家，别误了我的婚姻大事，从此，我整天以泪洗面，夜夜难眠，我等待你的家人埋葬你的那一天，埋葬你的人都回去后，我到你的坟上大声野气地哭上一场，了却自己的一片心事。可我等了三个月，你家没有任何动静，我问了你们村上好多人，都不知道你遇难的消息，我就有了猜疑。是不是把尸体火化了？！火化了也该把骨灰盒埋葬了，但也有把年轻人的骨灰盒放在家里永远不埋的。不管怎么想，你的遇难得不到确切证实的物件，我是不会嫁人的，这期间家里给我说了多少个男的，我都拒绝见面……”

金田听着玉英的讲述，心情激动地无法控制，又一次把玉英紧紧地抱在怀里一边流泪一边说：“现在咱俩都走到一起了，啥也不怕了，你就实话实说吧！你怎么会准确地来到这里逮住我的？”

“老天爷的指引！”玉英边哭边说，“我爹见我对哪一个男的都不愿见面，就把我私下卖给了东阳镇很有钱的黑心肠的包工头的傻儿子。他们知道我不会同意这门婚事，就来了个残暴的抢亲合婚，我被抢到男方家里后，人家几个年轻女的拉住我，给我又是穿新衣，又是脸上擦白粉，我头摇得像拨浪鼓，新衣让人家硬套上了,白粉始终没擦上。正当这时,你爸来放铳,铳声三连响后，你爸正唱贺喜歌，我一听是你爸的声音，就挣脱跑到院中，站在他的对面。你爸一看是我，不由得心情一激动，心脏病就犯了，晕倒在地上，我赶紧上前在衣兜里掏寻速效救心丸，顺便掏出了你给你爸写的信。我立刻给你爸嘴里喂了十粒速效救心丸，就回房看信，新房里正好没人。我一看信，什么都明白了，就心生一计，制造混乱，逃婚西安。我走出房门，大声喊道，快把病人送医院，别让死在院中，全院的人都乱了，我趁此机会，用头巾包脸跑出头门，正好碰上一辆出租车，就摇手钻了进去。中途换车迷惑人，这才来到你跟前。”

“天意，真乃天意！”金田给玉英擦了擦脸上的泪水说，“我爸要是不来放铳，碰不上那个黑心肠的包工头，再加上你不闪面，他肯定激动不起来！心脏病也就犯不了。所以说这些巧合，我爸的犯病，出租车的按时出现，人们都混乱地跑向医院，一切都像神仙安排的，一环套一环，叫你远走高飞无人见。天意呀！”

三十四、银菊县城去报到　大家望着老耿笑

秋末的寒风掀倒了衰弱枯黄的百草，大地一片秃老，没有了鲜活的绿色。唯有野菊花独占鳌头开出鲜艳的黄、红、橘、白等各色花朵。放出奇特的香味，在微风的推动下，香飘四野，醉了世界。醉了蜂蝶。

银菊将金羊托付给爹妈，她要去县文化馆报到。一辆半旧不新的自行车，满载着她的被褥、生活用品和自己的各种技能，沿着脚下无尽延伸的大路向前滚动着。

爹妈的一连串告诫，不断地在银菊的耳旁响起：领导能把你安置到县文化馆，说明领导对你的信任，你不能轻淡了领导的信任，要把领导的信任变为力量，变为热能，干一行爱一行。文化馆不是咱农村，全县的能工巧匠，画家、书法家、作家都云集在文化馆的四堵墙内，每一个人都有他的一技之长。自己是啥？自己是他们的学生。不是领导的提名和建议，谁知道你姓啥为老几？！你只能在黄土地上出力流汗地种红薯、卖山芋。

县城是一个具有两千多年历史的古镇，东有七星河，南有韦川河，两河绕县城半周，把镇街挤在西边一块方地上。远瞭古镇，

真像高原老仙系在肚脐下的肚兜，这肚兜内装满了五彩变异的生活内容和旺盛的生命之源。

银菊的自行车骑到离县城五里路时，由于河流湿地的作用，大雾锁天。白色的大雾真像神仙撒下的纵横交错的“纱布”一样遮挡在前面，自行车的轮子像剪刀一样，只有不断地剪断前面“纱布”的同时，才能保证自己的通行。

太阳出来了，太阳一看遍地的大雾锁天，污染得大地很不晴朗，直气得满脸通红。雾气一看太阳犯性子了，全部倒卧在地面上，争先恐后地逃入地下，乔山、田野、村庄、楼房、树木、河流这才露出了真容。

全身散发农家气息的银菊，连同她的自行车停放在文化馆院内时，正好被站在二楼的王馆长看见，王馆长大声喊道：“银菊来了，年轻人下去帮忙把铺盖和用品搬到303房间。”第一个跑来的就是关心她扎草人和剪纸的老耿同志，没有老耿的热情关照，草人和剪纸也不会夺取全省民间艺术国庆大展第一名，银菊更不会被领导安排在文化馆工作。银菊一见老耿，感激地说：“这一切的一切都是你的功劳！我不知道该咋谢你呀！”

“不用谢。”老耿一边帮忙解被褥，一边客气地说，“这都是我们应该做的，都是为了给县上争光，没必要谢我个人。”

东西搬完后，王馆长让两个女同志留下，帮忙银菊把床铺和房间清扫整理一下，其他人都各回各房搞创作去了，唯独年轻的小马和小齐跑进老耿的房子，想打探银菊的消息。老耿见二位来了，忙倒了两杯茶水递给二位，小马喝了一口茶后放下茶杯，嬉皮笑脸问老耿：“你在啥地方认识的这女人？”

“在谷地里。”

“得是谷子长得比人高，你俩个是藏在谷子下面说话来，还是站着说话来？”

“你个宝。”老耿瞅一眼小马笑着说，“拿你想别人。”

“我不是宝，人家才是真宝！”小马有意提高嗓门说，“你看人家长得多漂亮，中等身架有模有样，身子不胖奶子胖，腰不胖屁股胖。白皙的皮肤，鲜明的特色，一双水灵灵有神的眼睛，送你个微笑，永不消失。别说她的作品，就是比人也是一等品，谁见了不心疼！看她一眼也是一种享受。”

303房子收拾好了，帮忙的两个女的走了，她一个人坐在房子里有一种孤独感。从小沾满黄土的农村人，跑惯了山与家、地与家，现在被禁锢在不大的房子上班，没了野性，没了劳累、没了艰辛和饥渴。

“开会了。”王馆长在二楼喊。

会议室不大也不小，三十几个座位只坐了十一个人，所有的目光都向银菊射来，她有些拘谨和腼腆。

王馆长叫一声银菊，银菊站起来向大家鞠了个躬，然后满脸笑容地坐下。

王馆长接着说：“她就是这次在全省民间艺术国庆大展中夺得一等奖的金银菊同志。她的调入壮大了我馆的创作技术力量，她是位具有多方面创作能力的天才人物。大家今后多和她交流交流，取长补短，共同提高。为夺取全国文艺创作一等奖而共同努力。”

掌声把空气煽动得不由自主地在会场上空欢乐舞动。王馆长顺便安排了本周休假：“今天星期四，明天下午休假。本周值班的是老耿，银菊刚来，也就不用休假了，和老耿两人值班行不行？”

“行。”银菊高兴地答。

会散了，大家的欢笑没有散，所有的目光都对着老耿笑，这笑中隐藏着无声的“美死你了”的羡慕。

星期六的中午，银菊去老耿房子，老耿见银菊来了赶忙沏茶，银菊忙阻止说：“我从来不喝茶，来杯开水。”

银菊接了水杯，坐在床沿上礼节性地喝了一口水后说：“耿老师，你说我这妇道人家能被安排在全县的文化部门工作，也算领导对我的最大信任，可我想不来我来这里能干啥？到厨房帮灶，或打扫单位卫生，我保证能做好。我昨晚想了一整夜想不来，才来请教你，你说我该咋样工作？”

老耿看了一眼银菊，笑了笑说：“你是来干文艺工作的，不是扫地做饭的。你们妇女家的特长是描花扎花的，要扎花就要先描花，没有描好的图案花，就无法扎好花。所以根据你们的共性和特长，画戏剧脸谱最好，戏剧脸谱外商最爱买，一个戏剧脸谱可卖三千到五千元，是最划算的。越画越能画好，这是十拿九稳的事情。你就下决心干这一项，顺便把剪纸也带上，但剪纸不要剪窗花，窗花太单调，没特色，不稀奇，引不起人的兴趣。要剪就剪连续剧，像《西游记》就是一部很有特色的连续剧，如果剪成功了，那就不是单卖钱的价值了，就成了文物了。那将会成为全省文物中一盏闪亮的明灯。”

银菊把收不住的一脸笑容送给老耿说：“老耿哥，你今天总算给我上了一堂内容丰富的文化创作课，使我认识到我有搞不完的文艺创作项目。我一定按照你的思路和想法，去走我的创作路。在这漫长的创作路上，你一定要扶我一把，例如画脸谱的木马勺、颜料的购买，我出钱你寻货。一定要帮我帮到底。”

“这你就一百个放心。”

“我就说么！咱两个谁是谁嘛！”

两个人笑成两朵花。

三十五、厂长仁义帮金田　权权淹死美女泉

砖厂的宋厂长推门而入，他望着金田和玉英说："你俩的谈话我全听到了，真是可怜又可敬的一对儿。"

"你怎么知道她来了？"金田问。

"开出租车的是我村上人，他告诉我有个女娃来找金田，我就随后来到窗外，想听你俩是啥关系，现在全明白了。你的未婚妻来了，再也不用我派人侍候你了，真是天助我了！但喜中别走漏了风声，这里人杂眼多，人心难猜。好在只有我和司机两个人知道，我会封了他的口，这你放心。再等一会儿，我开车把你俩送回我家里，金田是在我这里出的事故，我有责任叫他一生活得比人强。再过五天，我这一窑砖装满点火后，我和金田去上海给金田装假肢，先解决他的走路问题，再解决他的生活问题。我在西户路上有一座加油站，这座加油站生意特别好，我准备给金田安好假腿后，把这座加油站送给金田，只要经营好这个加油站，一生不愁吃不愁穿。"

玉英"扑通"一声跪在地上说："我替金田谢您了。"边说边磕头。

宋厂长慌忙把玉英拉起来说："你别谢我，这是我应该给的，他好好一个人，是我的砖机夹残了他的腿，我就有责任叫他一生和别人一样好。我是说一不二的人，我更不像别人，管你的暂时，不管你的长远，给你几十万，让你走人，以后的生死与我无关。这样哄人骗人的事我不会做，也做不出来。我要像对待亲儿子一样来对待金田，这就让今后的现实来验证我的保证吧！"

中午十二点半，宋厂长开着小吉普车把金田和玉英送回了他家里，厂长老婆热情地把金田和玉英安排在客房里，就走进厨房去做饭，玉英赶紧去帮灶，厂长老婆推来让去不让帮灶。玉英就姨长姨短地坐在灶火烧锅，厂长老婆推她不走，也就顺势留下，俩人一边说话一边做饭。厂长老婆做得一口香浇汤面，由于气氛好，饭也吃得特别饱，吃完饭宋厂长就开车去了砖厂。

……

话说包工头把娶进门的儿媳妇弄丢了，弄出了千古奇闻，也成了古镇人说东道西的笑柄："他不该昧了下苦人的工钱。"

"爱钱不要脸的东西！"

"老天爷的报复。"

"罪有应得！"

"他不昧铳王父子的工钱，说不定还出不了这怪事。"

"逃婚是迟早的事，那女的一看这娃是傻货，全家人又不讲德行，迟早是一逃。"

包工头的傻儿子权权见人就说："我爸把花——花媳妇弄丢了，不见——人了。"

人群里不知谁耍笑地说："花媳妇去美女泉里的水晶宫回门去了，你怎么没跟着去嘎？"

“水里面真有水——水晶宫吗？”包工头的傻儿子权权问。

“你没见过《西游记》中的水晶宫吗？”人群里有人喊。

“见——见过，又大又——好。”权权说。

人在事中迷，包工头动用了许多亲戚朋友寻媳妇，他黑明昼夜在家里等消息、听汇报，两天没见儿子的面也不问一声。直到儿子权权淹死在美女泉中，公安把尸体放在他家门前，包工头的婆娘喊天叫地的哭声，才把包工头那朦胧的神经击打唤醒，他被这残忍的现实刺痛得全身打战时，他的婆娘已哭天叫地软瘫在地上，没了知觉。村上的妇女在他婆娘的鼻根下扎了一针后，她才哭出了声，大声喊叫着：“完了，完了，一切都完了！钱能做啥？！……”

村上妇女们把权权的尸体用被单盖了，把包工头的婆娘扶回房子中。包工头的婆娘用失神的双眼久久盯住敬在写字台上的那尊菩萨像，一阵哈哈大笑，又是几声号哭之后，她走上前去，用颤抖的双手，端起那尊用白玉雕成的菩萨像，使劲地摔向地面，溅起无数个灾难的冲击波。

在村上人的帮忙下，包工头安葬了儿子权权。

三十六、三个女人一台戏　节节段段都有趣

金菊对五亩苹果园的爱恋胜过对儿子的相爱。她修枝剪权，虎娃施肥浇水，俩人疏花疏果非常认真，为保一个苹果八两重，不多留一个小果。前两年的苹果卖了十八万元，使金菊和虎娃体会到苹果来钱的不容易。在村上按照政府的要求而召开的弃耕还林的大会上，金菊大胆承包了三百亩山地，全部栽植了苹果、核桃和葡萄，六年后，金菊家的苹果、核桃和葡萄的总收入达到了二百三十余万元。她拿出一百万元作为教育基金，凡本村学生考上大学的，学费从教育基金中领取，这一举动引起了很大的反响，金菊被逐级评为全省弃耕还林的先进个人。省长给她发奖状时鼓励她："这一举多得的好事，要继续好好干，既脱贫致了富，又绿化了荒山、改善了环境，更为上不起学的娃们提供了支持！"她感动得热泪盈眶，说："是党的政策好，不是我的本事大！我会尽力好好干的，请领导放心。"

银菊以六年的时间，画完了一百面戏剧脸谱，在广州的广交会上，外商以五十万元的总价买走了一百面戏剧脸谱。这事惊动了省上的文化部门，为了让银菊能安下心完成她的"《西游

记》剪纸”，便将银菊调到省文联，让她一心一意完成这个巨作。“《西游记》剪纸”完成后，省文联把她的一百面戏剧脸谱照相版和《西游记》走势图策划成一本书，一次印了十万册，被各县文化馆作为教材一抢而空，她的稿费得了八十万元。她手上有了一百三十万元，捐给了村上一百万元，作为把柳泉水引流到村上各家各户的工程费用，剩余部分进入教育基金。

玉英在宋厂长的砖窑装满点火后，被宋厂长送到加油站去实习卖油。宋厂长领上金田去上海装假腿，五日后假腿装好返回，金田穿上长裤子走路，看不出来有假腿。加油站正式交给金田和玉英，原来两名加油的女娃全被玉英留下。玉英在加油站的五天，感到加油站的生意并不景气，她下决心改变经营形式，先腾出两套休息的房子，灶房长期备饭。凡加油在两百元以上的，可以免费领取十个煮熟的鸡蛋，凡加油在三百元以上的，可以免费进餐一次，凡加油在四百元以上的，可以免费住宿（包括进餐）一夜。此方案实施以后，每日的售油量比过去翻了三倍，由于加油车辆的不断增多，特别是晚上住宿车辆太多，停车场和食宿适应不了这种局面，只得又买了五亩地，盖起了宾馆，扩大了停车场。这里成了跑长途汽车司机的聚会点，他们带来了全国各地的挣钱信息和特色小吃。既品尝各味小吃，又交流挣钱经验。这里成了他们商讨生财之道的重要基地，既富了司机，也红了油站，六年时间，加油站挣回了八百余万元。玉英和金田商议，拿出三百万元交给村上，在后山修座抽水站，把七星河水抽到山顶，流入金山村的所有田地，让亩产五百斤小麦上到一千斤，以水发展多种经营，以此改变金山村的穷困面貌，让全村人过上小康生活。

经村支部和村委会研究决定，成立捐款管理小组，这些捐款都是带有工程项目的资金，必须成立专门管理小组，管好此项资金。最终，由村书记金明担任资金管理小组组长，由新选举的村主任虎娃担任会计，由全村威信最高的、人们信任的金七老汉担任小组成员，以监督管理好此项资金的使用情况。

一年后，两项水利工程全建成。通水那天唱大戏、耍社火，四乡八社的群众都来看热闹，书记金明把金菊、银菊和玉英请上戏台庆功亮相，村主任虎娃给她们三位披红戴花。台下掌声如大海排浪，经久不息。这是人们对脱贫致富奔小康的一致认识和赞扬。